FRÈRE SOMMEIL

ROBERT SCHNEIDER

FRÈRE SOMMEIL

Roman

Traduit de l'allemand
par Claude Porcell

CALMANN-LÉVY

Titre original de l'ouvrage
SCHLAFES BRUDER

Ouvrage publié avec le concours
du ministère de l'Éducation et des Arts, Autriche

ISBN 2.7021.2299.X

Aux battements du cœur de Pascale

Qui aime ne dort pas

Voici l'histoire du musicien Johannes Elias Alder qui, à l'âge de vingt-deux ans, mit un terme à ses jours après avoir résolu de ne plus dormir.

Car il s'était enflammé d'un amour indicible et, partant, malheureux pour sa cousine Elsbeth, et, de cet instant, ne s'était plus montré disposé à prendre ne fût-ce qu'un instant de repos avant d'être parvenu à sonder jusqu'au fond le mystère de l'impossibilité de cet amour. Il maintint vaillamment, jusqu'à son incroyable fin, que le temps consacré au sommeil était un gaspillage et donc un péché, et qu'il lui serait ajouté le moment venu au Purgatoire, puisque, dans le sommeil, on était mort, ou qu'en tout cas l'on ne vivait pas réellement. Ce n'était point par hasard qu'une vieille légende comparait le sommeil et la mort à un frère et une sœur. Comment un homme, se disait-il, peut-il prétendre de bonne foi aimer sa femme toute sa vie quand il ne le fait que le jour, et même, tout aussi bien, juste le temps d'une pensée ? Cela ne pouvait être véridique : qui aime ne dort pas.

Telle était l'opinion de Johannes Elias Alder, et sa spectaculaire mort fut son dernier tribut à cet amour. Ce sont l'univers de cet homme et le cours de sa pitoyable vie que nous allons décrire.

Le dernier chapitre

Quand, en 1912, Côme Alder, le dernier habitant d'Eschberg, un village montagnard du Vorarlberg moyen dont le nom signifie « la Montagne-aux-Frênes », fut mort de faim dans sa ferme à l'abandon — même les anciens du village voisin de Goetzberg étaient loin de soupçonner qu'il restât là-haut un être humain vivant —, la nature résolut elle aussi d'effacer définitivement tout souvenir de ce village. On eût dit qu'elle avait respectueusement attendu la lamentable mort de son dernier vainqueur pour se précipiter à tout jamais, et de toute sa puissance, sur les hameaux essartés. Elle reprenait enfin ce que les hommes lui avaient dérobé des siècles auparavant. Il y avait bien longtemps que ses broussailles épineuses s'étaient emparées de ce qui avait été le chemin conduisant au village et les sentiers qui menaient autrefois jusqu'aux fermes, qu'elle avait pourri les résidus calcinés des étables et des maisons, recouvert de mousse leurs murs de soutien. Sa fantaisie multicolore, après la mort du vieillard opiniâtre, ne s'abattit qu'avec plus d'exubérance sur les pâturages escarpés où les haches s'obstinaient autrefois à couper le moindre des arbrisseaux.

Et le frêne, son favori, croissait à nouveau en grand nombre, et vigoureusement.

Au troisième incendie en l'espace d'un seul siècle — sa lueur nocturne provoqua jusqu'à l'Appenzell une tumultueuse stupéfaction —, même les Lamparter et les Alder, les deux seules lignées d'Eschberg, comprirent que Dieu n'avait jamais souhaité la présence des hommes en cet endroit. Dans la nuit du troisième incendie, le 5 septembre 1892, douze personnes furent brûlées dans leur lit et quarante-huit têtes de bétail dans les étables. Toute la journée, un fœhn infernal avait fouaillé la charpente des maisons, avait si bien hurlé et gémi dans les forêts que l'on eût pu prétendre qu'il s'agissait des mille tons du rire d'un prophète déjà assuré de la catastrophe. La nuit du troisième incendie, personne à Eschberg n'osa allumer son foyer, ni même la chandelle pour la prière. Chacun savait — les enfants le tenaient des récits menaçants des anciens et le lisaient dans leurs yeux soudain hallucinés — les ravages qu'une flamme libre était capable de provoquer par temps de fœhn. Dans la nuit même, un Lamparter, qui avait vécu le deuxième incendie et gardait sans doute une obscure mémoire du premier, passa de ferme en ferme pour interdire à tout un chacun, par la force si besoin était, d'allumer aucune flamme. Se glissant partout, il lorgnait dans les étables, les salles communes et les chambres, et il n'y perçut pas la moindre lueur. Il levait le nez vers le faîte des toits et n'y flaira même pas le relent d'une fumée froide. Vers deux heures, il se coucha sur sa paillasse et dormit plus tranquille.

Vers trois heures, tout le village avait brûlé, et la forêt qui l'environnait fut dévorée en moins d'une heure. Le fœhn poussait depuis l'église Saint-Wolfgang le feu qui rugissait à travers les pentes et les croupes boisées jusqu'à la crête des monts.

La nuit du troisième incendie, les survivants s'enfuirent en descendant le lit du torrent de l'Emmer, vociférant, jurant et pleurant de colère et de désespoir, jusqu'à la vallée du Rhin où, dans les temps qui suivirent, ils succombèrent au dénuement ou cultivèrent jusqu'à la fin de leurs jours la terre d'autrui comme simples valets. Côme Alder, que l'on avait cru victime des flammes comme les douze autres, et pour qui l'on avait chanté le *Dies irae* au village voisin de Goetzberg, fut le seul être humain qui restât au hameau, dans sa ferme calcinée. Il dormait entre les murs humides de sa cave, car il avait coutume d'entretenir de tout près des dialogues avec sa fille, qui y était ensevelie. La fille de Côme était une avorteuse, et le curé de Götzberg n'avait pu prendre la responsabilité de l'enterrer chrétiennement. Quand Côme Alder vit ce qu'avait fait Dieu, il résolut de rester à la ferme et d'y attendre sans rien faire le jour du Jugement dernier. Vingt ans durant, il logea dans ses ruines sans tenter aucunement de les relever, et il ne les quittait que quand la faim le poussait à s'enfoncer toujours plus loin dans la joyeuse repousse des forêts. Il finit par mourir réellement de faim. Non que la nourriture eût manqué — un habitant d'Eschberg savait faire feu de tout bois —, mais simplement parce que le défi dans lequel il s'était enfermé l'avait fatigué de la vie.

Ainsi le dernier des Alder, qui fut aussi le dernier des habitants d'Eschberg, manifesta-t-il cette obstination fatale qui avait caractérisé pendant des siècles le village tout entier, et à laquelle celui-ci dut finalement son extinction.

Ceux qui ne sont pas nés

Consigner dans un livre la vie et les mœurs des Lamparter et des Alder, démêler avec bonheur, d'une plume précise, les cent fils qui composent l'écheveau du croisement des deux lignées, prendre la défense des tares physiques dues à la consanguinité, la tête excessivement allongée, la lèvre inférieure renflée sur un menton très bas, comme étant le signe d'une saine authenticité primitive, c'est là une tâche que peut s'imposer un historien du terroir attaché à l'intime connaissance de ses ancêtres. Ce serait cependant perdre son temps, tout compte fait, que de retracer l'histoire des paysans d'Eschberg, la pauvre monotonie du cours de leurs années, leurs sordides querelles, leur foi singulièrement fanatique, leur insurpassable entêtement contre les nouveautés venues de l'extérieur, si, au début du XIXe siècle, ce n'était justement la lignée des Alder qui avait donné naissance à un enfant dont le talent musical était si grand qu'il pouvait, au véritable sens du mot, être qualifié d'inouï, et que, semble-t-il, l'on n'en entendra plus jamais de pareil dans la région du Vorarlberg. Un enfant prénommé Johannes Elias.

L'histoire de sa vie n'est autre que le triste compte des omissions et des manquements de tous ceux qui, ayant peut-être deviné les grandes dispositions de cet homme, les laissèrent dépérir par indifférence, par simple bêtise, ou, comme ce *cantor* Goller, organiste de la cathédrale de Feldberg — dont les restes devraient être exhumés et dispersés aux quatre vents afin que, au jour des Sept Trompettes, son corps ne pût reprendre forme — par pure jalousie. Elle n'est autre qu'un réquisitoire contre Dieu, qui, dans ses caprices de dilapidateur, avait jugé bon de répandre justement le talent si précieux de la musique sur un enfant de paysans d'Eschberg quand il aurait dû prévoir que celui-ci ne pourrait jamais, dans cette contrée si étrangère aux muses, mettre à profit ces dons ni les parachever. Non content de cela, il plut à Dieu de mettre en Johannes Elias une telle passion de l'amour que sa vie en fut consumée avant terme.

Dieu créa un musicien sans l'autoriser à coucher une

seule mesure sur le papier : quelque désir qu'il en eût, il ne lui fut pas permis d'apprendre le métier de la composition. Quant aux hommes, ils menèrent à terme, dans leur céleste simplicité, ce que l'on ne peut faire autrement que d'appeler « un plan satanique ».

Quand l'étonnant destin de Johannes Elias parvint à nos oreilles, nous fîmes silence et pensâmes : combien d'hommes magnifiques, philosophes, penseurs, poètes, peintres, sculpteurs et musiciens, le monde n'a-t-il pas perdus pour la simple raison qu'il ne leur fut pas donné d'apprendre le métier auquel les destinait leur naissance ? Et nous en concluons que Socrate ne saurait être le penseur le plus grand, Jésus la plus haute expression de l'amour, Léonard le peintre le plus parfait, ni Mozart le plus sublime des musiciens, que d'autres noms auraient déterminé la marche de ce monde. Nous avons pleuré ces inconnus, ces êtres qui sont nés et cependant, de toute leur vie, ne sont jamais venus au monde. Johannes Elias Alder était l'un de ceux-là.

La naissance

Pour la troisième fois en cet après-midi de la Saint-Jean 1803, Seff Alder poussa la porte de la chambre où sa femme gisait, implorant à grands cris l'arrivée de sa deuxième couche. On eût dit que son cadet refusait de se laisser expulser, s'arc-boutait contre un monde où il ne voulait point entrer de son plein gré. Quels que fussent les efforts de la malheureuse pour le mettre bas, et bien qu'elle finît, sous le déchirement de la douleur, par comprimer son ventre de ses propres mains, l'enfant ne venait pas.

Seff prit une respiration. L'air était imprégné de la sueur et du sang de la Seff [1]. Il se tourna vers la fenêtre et l'ouvrit si brutalement que la moitié de la pièce en trembla. La vibration partit de l'appui, descendit le mur, traversa le plancher jusqu'au lit et se transmit à la tête enfiévrée de la parturiente. Ouvrir la fenêtre semblait être la seule consolation qu'il pût prodiguer à sa femme. Seff n'était pas un orateur. L'air reflétait le soleil, tant ce jour de juin était lourd, et son passage ne provoqua aucun soulagement. Seff guettait par la fenêtre, épiant le dernier tournant du chemin par lequel devait arriver cette foutredieu de sage-femme. Il s'était passé deux heures et plus depuis qu'il avait envoyé le garçon à Goetzberg. Puis, incrédule, il la vit effectivement sortir du virage, traînant péniblement dans la montée sa valise de cuir rouge et ses sangles qu'elle portait sur l'épaule. Son propre garçon, comme il pouvait le voir, marchait derrière. Seff referma la fenêtre, se dirigea vers sa femme, jeta un regard dans le broc sur la table de chevet, remplit d'eau, jusqu'au bord, le verre qu'elle n'avait pas touché, ferma la porte et recommanda sa femme à Dieu. Il aurait pu lui dire que l'Ellenson était arrivée. Seff n'était pas un orateur. En bas, il attendit dans l'encadrement de la porte grande ouverte, et, quand la sage-femme entra, suant et soufflant, il lui désigna le poiré, les vingt kreuzers de son salaire et l'escalier qui montait à la chambre des parents. Puis il gagna avec son fils le hameau voisin pour retourner le foin une dernière fois.

1. Ces femmes de paysans, comme il est précisé plus loin, sont désignées par le nom ou le prénom féminisé de leur mari, et même de leur diminutif, comme ici « Seff » pour « Josef ». Balzac parle, dans *La Rabouilleuse*, d'un usage identique dans le Berry. *(N.d.T.)*

Sa femme, en haut, dans la chambre, glapissait de douleur.

L'Ellenson se mit au travail à regret, et sans manifester la hâte que la situation réclamait depuis bien longtemps. Lorsqu'elle avait trébuché pour la troisième fois dans l'escalier aux marches étroites, il était décidé qu'elle mettrait irrévocablement en application le projet qu'elle n'avait cessé de retourner, sur le chemin, dans sa tête de bavarde.

Cette naissance-ci serait la dernière. Elle était encore jeune, malgré ses vingt et un ans. Et son front se couvrait de plis d'impatience. Du reste, elle avait les mains fines, on le lui avait déjà dit. Des mains beaucoup trop fines pour le métier de sage-femme. Et elle plissait le front avec plus de mécontentement encore. Sur la table de toilette, elle étala ses instruments dans l'ordre où elle avait appris à le faire à l'école des sages-femmes d'Innsbruck : le clystère, puis, invariablement, l'eau bénite, le spéculum, les forceps, le cathéter, et enfin les ciseaux pour couper le cordon. Puis elle se mit à ranger les sangles par ordre de longueur et par fonction.

La Seff glapissait de douleur.

Non, songeait l'Ellenson, elle allait accepter l'offre de Franz Hirsch à Hoetting et s'engager chez Beck. Cela lui garantirait le couvert et un meilleur salaire à la journée, au moins trente kreuzers. Et puis elle serait débarrassée pour toujours de ses pénibles démêlés avec le secrétaire de la commune. Se battre éternellement au moment de Noël pour la prime de garde, qui lui avait pourtant été reconnue par monsieur le juge du tribunal civil et criminel de Feldberg en personne ! Mais le secrétaire de la commune ne cherchait par son entêtement qu'à la rendre docile. Grand bien lui fasse. À l'avenir, il n'avait qu'à faire exécuter le travail par les sages-femmes privées. Mais elle aimerait bien voir si celles-là reviendraient moins cher au secrétaire. Non, elle en avait définitivement assez de ces chamailleries. Et d'ailleurs, que le secrétaire ne vienne pas lui raconter d'histoires. S'il était aujourd'hui si coupant avec elle, c'était parce qu'elle avait refusé une fois, il y avait des années, son invitation à danser. Qu'y pouvait-elle s'il avait la gueule boursouflée et des pieds de bouc ?

La Seff glapissait de douleur.

Du reste, ce n'était pas vrai, qu'aucun homme ne demanderait plus sa main, puisque Franz Hirsch, de Hoetting, l'avait fait il n'y avait pas plus de quinze jours. Par lettre, si fait, par lettre. Et Franz Hirsch de Hoetting était en toutes choses beaucoup plus distingué que la gueule boursouflée, ce petit secrétaire de commune qui se haussait du col. En fin de compte, Franz Hirsch de Hoetting était lui aussi tout à fait bel homme, une fois excepté sa bosse. Ce qu'elle regardait, elle, c'était le caractère, il n'y avait que cela qu'elle regardait. Et Innsbruck, c'était tout de même déjà quelque chose de très grand. Qu'est-ce qu'il voulait, lui, un petit secrétaire de commune, venir lui raconter du vaste monde, lui qui de sa vie n'était jamais allé plus loin que Dornberg, à trois heures de chemin ? Mais peut-être qu'elle ne prendrait pas du tout Franz Hirsch de Hoetting. Sa bosse était quand même, à y bien regarder, un grand malheur, et elle était, elle, une jolie personne aux mains fines. Des mains beaucoup trop belles pour le métier de sage-femme. Le caporal Zenker le lui avait juré sur son honneur de soldat de la Double Monarchie. Un bref sourire alla se nicher au coin de ses lèvres, mais il s'évanouit dès qu'elle repensa à l'infirme de Hoetting, à qui elle n'était certes pas promise, mais en qui ses allusions précises avaient allumé l'espoir.

La Seff glapissait de douleur.

C'était bien le gars qu'il lui fallait, s'il n'avait eu cette bosse gênante. Et, bien sûr, elle n'avait pas ignoré longtemps qu'il lui arrivait souvent d'être malade du poumon. Mais à quoi donc allait-elle penser ! Finalement, c'était le caractère qu'elle regardait, rien que le caractère. Il paraissait que son âme aussi était un peu malade. Ce que l'on ne pouvait vraiment pas dire du caporal Zenker. Seulement celui-là n'avait pas, à coup sûr, deux arpents de terre, tandis que Franz Hirsch de Hoetting était aisé. Peut-être qu'elle pourrait se présenter comme domestique dans l'une des demeures bourgeoises du beau monde pour n'être plus exposée aux nombreuses maladies qu'il y avait dans les maisons. Dans tous les cas, elle avait l'intention, si elle n'avait pas pris de décision d'ici au soir, de participer au pèlerinage de la Confrérie du Cœur-de-Marie sur l'Udelberg et d'y prier ardemment la Sainte Vierge de l'éclairer de ses conseils. De toute façon, elle irait s'installer à Innsbruck. Mais avant de partir, elle dirait son fait à la gueule boursouflée, elle le lui jetterait insolemment en pleine figure, que la moustache lui en tomberait d'effroi.

La Seff gisait et pleurait en silence.

Le mieux était de s'en tenir aux recommandations de sa mère, selon laquelle il ne fallait point juger les gens sur la mine, mais se fier au caractère. Elle le faisait déjà. Et c'était tout de même vrai que le caporal Zenker s'amusait trop à narguer et à berner les gens. Même l'empereur avait fait les frais de ses discours, tandis que Franz Hirsch, lui, à vrai dire, il ne savait même pas sourire et...

Il ne cria pas.

Elle tenait le nourrisson dans ses mains dégoulinantes, lui donna une nouvelle claque, écouta, retint sa respiration pour savoir si le petit cœur battait enfin. Dans son désespoir, elle entonna le *Te Deum*, le chanta d'un ton implorant, puis, de terreur, d'une voix forte. Tout à coup elle sentit tressaillir le paquet de chair. Puis une fois encore. Elle s'arrêta de chanter, tendit à nouveau l'oreille, et elle savait maintenant que ce paquet vivait. Le *Te Deum* avait sauvé la vie de l'enfant.

Après coup, l'Ellenson ne put se rappeler de quel sexe il était vraiment. Toujours est-il qu'elle déclara au secrétaire de la commune qu'à Joseph et Agathe Elder était né un garçon, en quoi elle était parfaitement tombée.

Abandonnons ici l'Ellenson et son bavardage. Nous ne la reverrons plus. Aussi aimerions-nous ajouter que la naissance de Johannes Elias fut effectivement son dernier acte de sage-femme, qu'elle partit s'installer à Innsbruck et y épousa... le caporal Zenker, croirait-on ? Eh bien non, Franz Hirsch, de Hoetting. Elle avait donc choisi le caractère. Cette alliance ne fut bénie d'aucun enfant, et Franz Hirsch de Hoetting mourut en 1809 de phtisie. Sa veuve se maria une deuxième, et même une troisième fois. Et pour finir, du reste — on a peine à le croire —, elle épousa la gueule boursouflée aux pieds de bouc, le secrétaire communal de Goetzberg. La trace de cette femme se perd aux environs de 1850. Un an auparavant, on la trouve encore dans le dossier d'une affaire de captation d'héritage. Mais nous sommes incapable de dire de quelle manière elle a fini ses jours. Elle était en tout cas présente quand vint au monde un musicien génial.

Qui ne serait fier de pouvoir mentionner un tel événement dans sa modeste biographie ? À supposer que l'on eût pu crier aux oreilles de l'Ellenson qu'en cet après-midi de la Saint-Jean 1803 s'était produit sous ses yeux un double miracle, la naissance d'un homme et celle d'un génie, elle n'aurait pas compris un mot. Et les autres, la Seff dans son lit d'accouchée, Seff et son gamin, n'auraient pas compris davantage. Mais il y a pis : alors que les dons de cet homme étaient depuis bien longtemps manifestes, personne ne voulait encore le comprendre.

Un père pour ses enfants

Le digne curé Elias Benzer était un homme d'un grand talent oratoire, un amoureux passionné de la vie et — tant pour cette raison que par obéissance à ses dispositions naturelles — un adorateur enthousiaste de la féminité. Ce fut cette passion qui, comme on le verra, le mena à sa perte.

Le curé Benzer était originaire de la vallée du Rhin, de Hohenberg, qui avait toujours été un bastion de la superstition et du démoniaque. Aussi ne tarissait-il pas sur la dernière crémation de sorcières dans le Vorarlberg, qu'il avait vue, étant enfant, de ses propres yeux. Cette forte expérience était devenue le pilier de toute sa théologie. Il consacrait d'innombrables prêches à peindre ce bûcher aux yeux de ses paysans d'Eschberg, et avec tant de feu qu'ils en avaient la bouche sèche et que le sang commençait à rougeoyer sur leurs fronts et leurs oreilles. Certains se croyaient même atteints par les premiers tisons ou livrés tout entiers aux flammes. Dès que s'offrait au curé Benzer, lors de la lecture dominicale des Évangiles, la moindre occasion de jeter un pont vers le grand événement de son enfance, il ne manquait pas non plus de le franchir. Grâce à une imagination flamboyante, il parvenait en dépit de tout à passer du Buisson ardent à la brûlée vive de Hohenberg.

Ces sortes d'homélies faillirent provoquer à Eschberg un incident meurtrier. Poussés par le prône incendiaire du curé, et donc en toute bonne conscience, trois Lamparter, lors du « dimanche des Étincelles[1] » de 1785, décidèrent de jeter dans le feu non la sorcière de paille, mais Zilli Lamparter, surnommée « la Zilli-aux-Âmes ».

Cette Zilli-aux-Âmes, une veuve très âgée qui attendait sa modeste heure dans la solitude complète de la ferme la plus élevée du village, avait la curieuse réputation de pouvoir entretenir des discussions avec les défunts d'Eschberg. Elle expliquait ce don de double vue par le fait qu'elle était, de tous les habitants, celle qui vivait le plus près du bon Dieu, et qu'elle pouvait donc entendre distinctement les plaintes des gens de l'au-delà, si du moins la nuit était claire, car les nuages perturbaient l'audition. Tout le monde se rendait à cette évidence. Quand par la suite la Zilli-aux-Âmes prétendit que lui étaient apparus plusieurs nègres d'Orient, hommes et femmes à la peau comme du charbon, au visage comme du charbon, aux membres comme du charbon et aux dents comme du charbon, plus personne ne douta des inquiétantes facultés de cette femme.

L'idée vint ainsi à la vieille d'échafauder un système

1. Premier dimanche du carême, célébré dans les pays alémaniques par un grand brasier.

qui ressemblait à une sorte de comptabilité spirite et devait indirectement lui assurer avec régularité une pension de vieillesse. Elle savait qu'avant d'aller au paradis, un défunt doit d'abord brûler au purgatoire, et elle résolut donc de dresser un catalogue de tout ce que les vivants devaient faire pour sauver sans délai leurs parents disparus. Mais à Eschberg, tout le monde était parent avec tout le monde. Pour limiter la confusion, on s'appelait par les prénoms, et les épouses portaient ceux de leurs maris.

Un jour, donc, la Zilli-aux-Âmes descendit à grand-peine jusqu'à la ferme d'un Lamparter et lui dévoila que son père lui était apparu dans les gémissements et les lamentations. Il ne pouvait trouver la paix parce qu'il n'avait pas réglé envers elle la dette qu'il lui avait de sept cordes de bois à brûler, tendre et refendu. Mieux encore : au fil d'innombrables entrevues avec les morts d'Eschberg, Zilli-aux-Âmes finit par se convaincre que tous les gens d'Eschberg, Lamparter ou Alder, lui devaient quelque chose. Sa bouche prononça alors avec une menaçante uniformité : « Huit œufs et dix *Pater*. Trois livres de cire et cinquante *Ave*. Un quintal de feuilles à paillasse et sept saintes messes. Dix aunes de toile et huit psaumes. »

Ni les rebuffades, ni les plaintes ou réclamations auprès du curé n'y firent rien. Jamais on n'avait tant offert de cire, de mèches et de saintes messes. Jamais on n'avait prié avec autant d'ardeur dans la petite église d'Eschberg. Comme on voit, Zilli-aux-Âmes s'entendait à joindre l'indispensable au salutaire, et c'est ainsi qu'elle fut en fait la première à Eschberg — et même, disons-le, dans tout le Vorarlberg — à bénéficier d'une retraite.

On en vint peu à peu à haïr cette femme. Par malheur, une maladie de la pomme de terre, qui était fort curieuse et qui, à notre connaissance, n'a été jusqu'ici observée qu'à Eschberg, se répandit à cette époque dans les champs à flanc de montagne. On prétend qu'en une seule nuit, les pommes de terre se vidaient de l'intérieur et rétrécissaient à la taille d'une noisette. Mettons.

Au milieu des rires et des cris de joie mêlés au bourdonnement du rosaire que récitaient les femmes, on transporta la Zilli-aux-Âmes, sur une charrette à fumier, jusqu'au hameau que l'on appelait Altig et où l'on avait dressé le bûcher. Zilli-aux-Âmes glapissait de terreur devant la mort et jurait de rendre à chacun ce qui lui revenait, mais un Alder, d'une voix de tonnerre, l'œil enflammé de concupiscence, rappela les prêches du curé et ranima le courage défaillant de ceux qui s'apprêtaient déjà à renoncer. Quand on détacha la vieille de la charrette à fumier, elle semblait crier encore, mais sa bouche tuméfiée, déformée par les plaies, n'émettait plus un son. Du sel était collé aux rides de ses joues, et des commissures de ses lèvres coulait une bave rouge qu'elle léchait, assoiffée, en tirant la langue. Le feu déchirait la nuit. Quelques-uns enfonçaient leur chapeau sur leur front, dissimulaient leur visage pour n'être point reconnus lorsqu'ils frappaient de leurs poings et du bout de leurs chaussures le corps en loques de la vieillarde. Les enfants eux-mêmes la pinçaient, lui crachaient dessus et ne voulaient point en démordre. Quand la gifle d'un inconnu lui fit tomber son fichu du crâne, un sourd murmure parcourut la foule des paysans plongée dans la lourde atmosphère de la mort. Pour la première fois, tout un chacun voyait que le crâne de la Zilli-aux-Âmes était parfaitement chauve, et même le moins crédule pensait avoir sous les yeux une sorcière en chair et en os. L'inconnu lui jeta son poing dans l'estomac, sur les seins, qui étaient dénudés, et lui arracha ses vêtements, car enfin tout devait se passer comme l'avait décrit dans ses prêches le vénérable curé. Mais soudain il poussa un hurlement si affreux que l'on craignit qu'il n'eût perdu la raison. « La peste ! La peste ! » cria-t-il sans relâche en se précipitant à travers la neige rugueuse pour s'enfoncer dans la nuit. Et, comme les étincelles des bûches qui s'effondraient sur le sol, à l'instant la foule se dispersa dans toutes les directions. Cette prétendue peste fit gagner à la vieille les dernières semaines de sa vie.

Quand notre curé, par les bavardages d'une mauvaise langue Alder, eut vent de cet épisode, il fit serment, le jour même, de ne plus jamais tenir de sermon incendiaire. Il congédia l'indiscrète personne, qui voyait profondément ébranlée sa foi en l'infaillible vérité de la parole ecclésiastique, en lui disant que, par la sainte Trinité, il ne fallait point prendre pour argent comptant tout ce qu'un prêtre pouvait dire du haut de sa chaire.

Mais cette résolution inspirée ne put tenir longtemps, car le curé dut bientôt constater que le zèle religieux des habitants d'Eschberg faiblissait peu à peu. Le rosaire du samedi, grondait-il, n'était plus fréquenté que par des femmes, la répréhensible habitude de chiquer du tabac pendant le saint mystère de la messe était redevenue à la mode, quelques hommes placés à la tribune de l'orgue troublaient le recueillement par leurs rires effrontés, et, pour compléter le tout, on n'avait rassemblé ces deux dernières semaines que huit kreuzers d'offrandes. Mais le plus éhonté — et il jeta des éclairs diaboliques dans les petits yeux effrayés de quelques vierges de la famille

Alder —, c'était que l'on avait organisé des danses dans les maisons du village et servi des boissons spiritueuses. Comme, dans la période qui suivit, rien ne changeait dans les comportements qu'il avait fustigés et que, trois dimanches de suite, on eut beau secouer le sac de la quête, il n'en sortit que quelques boutons d'écaille, le curé trahit son serment. Il envisagea un prône capable d'éradiquer, maintenant et dans les siècles des siècles, la mesquinerie des habitants d'Eschberg.

L'esprit de ce prône fatal descendit sur lui à la Pentecôte de l'an 1800 dans l'étable de son presbytère, où il avait coutume de se rendre chaque fois que quelque chose de grave l'occupait. Dans l'air tiède d'une étable, parmi les vaches, les chèvres, les truies et les poules, la pensée lui était plus facile. Il était donc assis, le front entre les mains, sur son petit tonneau de bois à côté de l'auge des cochons. Il resta là longtemps sans que lui vînt aucune idée, sachant seulement que l'image des Évangiles — les langues de feu du miracle de la Pentecôte — se transformerait en un brasier d'une tout autre ampleur. Il resta longtemps à réfléchir sur son tonnelet, mais aucun pont ne lui apparaissait qui fût aisé à franchir. Quand il eut des fourmis dans le postérieur, il se leva, grincheux, fit quelques pas et mit le pied dans une bouse de vache encore fumante. Il glissa, tomba à la renverse, et sa tête alla, par la sainte Trinité, heurter brutalement l'arête du tonneau. Le tonneau ! Voilà ! La poudre noire ! Des soldats napoléoniens en maraude l'avaient perdue dans la forêt. Il l'avait prise sous sa garde afin qu'elle ne fût pas l'instrument de quelque bêtise. Il tâta prudemment sa bosse épaisse comme le pouce et se demanda en grommelant quelle idée avait eu l'Esprit Saint de choisir ce moyen-là pour descendre sur lui. Mais la première lueur du sermon incendiaire était là. Quand il fit nuit, le curé descendit au hameau qu'habitait Heinz Lamparter, le bedeau d'Eschberg. On vit les chandelles brûler jusqu'à leur base, tant le curé resta longtemps.

Le jour de la Pentecôte, les choses suivirent leur tragique destin. Quelques paroissiens, il est vrai, s'étonnèrent de ce cordon étrangement disposé, mais personne n'accorda à cette circonstance toute l'attention qu'elle méritait. L'un d'eux, qui avait eu les cheveux brûlés, parla après coup d'un curieux petit tonneau. Il avait, dit-il, donné un coup de coude à son voisin en lui soufflant : « Regarde ! Lui, il boit jusque dans la maison de Dieu ! » Un autre raconta que le révérend avait dès le *Kyrie* une voix étrangement bouleversée, et un enfant de chœur affirma qu'au moment même où le curé montait les marches de la chaire, le sacristain avait quitté l'église en emportant un sablier qu'il venait juste de retourner.

Les flammes purificatrices de la Pentecôte pouvaient à présent se transformer en un feu d'enfer dévorant tout sur son passage, proclama du haut de la chaire la voix vibrante du curé. Belzébuth était si puissant que son effronterie ne s'arrêtait même pas aux portes de l'église. *Ergo*, il était même tout à fait en son pouvoir d'en arracher les portes, dès lors qu'il s'était emparé des âmes des fidèles. Et ceux d'Eschberg étaient, hélas, dans ce cas-là, de sorte qu'il ne faudrait qu'un peu de temps encore pour que tout disparût dans la fumée du soufre. Ainsi la chaire dispensait-elle ses roulements de tonnerre, et une Alder éveillée déclara plus tard au vicariat général de Feldberg que monsieur le révérend avait ressassé un nombre étonnant de fois et d'une voix étrangement sonore l'idée de l'incendie, de l'effondrement, du soufre et de la fumée.

Trois paysans qui étaient assis aux derniers bancs de l'église eurent le tympan déchiré par l'explosion, et le rire insolent des hommes de la tribune se tut d'un seul coup. Ceux qui étaient appuyés contre la porte furent les plus durement frappés. L'un eut les jambes brisées par les lambeaux des battants, l'autre la hanche, et le sang d'un troisième gicla de ses oreilles sur le mur blanc chaulé jusqu'à la hauteur du chemin de croix. Mais le malheur atteignit aussi le bedeau, qui avait voulu bien faire les choses et suivait de près la mèche incandescente, bien que le curé le lui eût interdit. Heinz Lamparter y perdit la vue et eût été carbonisé si le choc ne l'eût fait s'abattre dans l'herbe humide du matin. Les fidèles, mortellement terrifiés, s'enfuirent de l'église à grands cris, et, il faut l'ajouter, sans attendre la bénédiction de leur pasteur.

Les citoyens d'Eschberg portèrent plainte auprès du tribunal civil et criminel d'Eschberg, mais le vicariat général affirma que l'affaire était du ressort de l'Église et que la brebis égarée devait être jugée par un tribunal ecclésiastique, ce qui fut fait. Ses émoluments annuels, qui se montaient à trois cent cinquante florins, furent réduits de moitié. On alla même jusqu'à le rétrograder, ainsi que tous ses successeurs, au rang de *cooperator expositus*, ce qui avait pour conséquence que toutes les décisions sacerdotales devaient à l'avenir être prises en accord avec le curé de Goetzberg. Il est vrai que notre révérend se défendit avec un impressionnant talent oratoire — il ne fallait pas, par la sainte Trinité, prendre pour argent comptant tout ce qu'un prêtre disait en chaire —, mais cela ne lui servit à rien. Il quitta

Eschberg trois semaines après ce fatal dimanche qui resta dans les mémoires sous le nom de « Dimanche du Soufre ». Deux lignes placardées sur la porte de son presbytère avisaient qu'il était parti pour Hohenberg afin d'y prendre un congé depuis longtemps mérité. Pendant huit mois, les âmes d'Eschberg furent privées de direction. Puis, un beau jour, le curé revint à l'improviste, avec la ferme résolution d'être dorénavant pour ses ouailles un pasteur plein de sagesse. Mais on en resta aux résolutions.

Tout cela se passait trois ans avant la naissance de Johannes Elias. Il est possible que le lecteur qui nous a suivi jusqu'ici se demande pourquoi nous nous étendons avec tant de complaisance sur cet ecclésiastique à la tête chaude, au lieu de conduire notre récit vers cet étrange enfant. Qu'il veuille bien réserver sa question.

Quinze jours après la naissance de l'enfant, la petite église d'Eschberg — dont on admirait à présent les portes de bronze à deux vantaux, à triple épaisseur, à douze gonds et cloutées de fer — fut le théâtre d'un double baptême. Les baptisés étaient deux enfants de la lignée des Alder que divisait une inimitié séculaire. À l'un — notre enfant — on donnait le nom de Johannes Elias, à l'autre, qui était né cinq jours plus tard, celui de Peter Elias. Peter Elias était venu au monde avec l'aide d'une sage-femme d'Altberg désignée comme « la Peseuse ». On aura remarqué que le nom d'Elias revient avec une certaine insistance. Voici pourquoi.

Le curé Elias Benzer se considérait depuis ce chemin de Damas de la Pentecôte non seulement comme le bon pasteur, mais comme le père de ses enfants d'Eschberg. Il faut sans doute qu'il ait quelque peu confondu la teneur purement spirituelle et le sens charnel de ce mot, car il y eut en effet à Eschberg, dans ces temps-là, quelques enfants à tête brune qui, disait-on, ressemblaient à monsieur le curé comme une goutte d'eau à une autre. Ce dernier avait du reste un faible exagéré, que l'on eût pu dire vaniteux, pour l'immortalité. Il semblait ne pas ignorer que les paroles les plus enflammées ne manquent pas, un jour, de s'éteindre, tandis qu'un nom jouit d'une bien plus longue durée. C'est ainsi qu'il introduisit le singulier usage de donner comme second prénom à tous les nouveau-nés mâles d'Eschberg celui d'Elias.

La cérémonie du baptême eut lieu dans la plus stricte intimité familiale. Les Alder de Johannes Elias étaient du côté de l'Épître, ceux de Peter Elias du côté de l'Évangile. Le curé dit quelques mots, où il comparait la puissance de l'eau à la puissance du feu. Ces mots furent longs, et l'on eût presque dit que l'acte du baptême à proprement parler lui inspirait une certaine crainte. Quand enfin il marqua des saintes huiles le front des enfants, d'un rouge d'écrevisse, sa main se mit à trembler si violemment qu'il dut s'interrompre pour éviter de faire mal aux nourrissons. Involontairement, le regard du curé resta sur le visage de la Seff, et tous deux rougirent au même instant de la manière la plus embarrassante qui soit. Par bonheur, l'orgue entonna le choral du baptême, et, par bonheur, Johannes Elias se mit soudain à crier. Il jubilait, car il entendait un orgue pour la première fois de sa vie. Il jubilait en découvrant la musique.

Seff, lui, son père, était enfoncé dans son banc d'église et son regard transperçait ses genoux. Car lorsque le nourrisson s'était mis à crier, Seff avait été à nouveau envahi par le froid. Ce froid qui, partant de la nuque, lui descendait le long du dos et lui traversait le ventre jusqu'aux testicules. « Foutredieu, y a quelque chose qui ne va pas chez ce gamin ! Cette voix ! » se disait Seff en se bouchant les oreilles à en faire saillir les veines de ses mains.

Peter Elias, l'enfant de Nulf Alder, ne criait pas. Nous pensons pouvoir distinguer là la préfiguration d'un trait de ce que devint plus tard son caractère, car jamais Peter Elias ne cria ni ne se plaignit. Sauf une fois, dont il sera abondamment question.

Trois jours après, le curé Benzer trouva une mort affreuse. Il était monté à travers les forêts d'Eschberg jusqu'au plateau qu'on nommait le Rocher-de-Saint-Pierre. Il était allé, supposa-t-on, cueillir le genièvre de printemps. On trouva à sa proximité un petit panier d'osier jaune. Il devait être, en tout cas, lamentablement tombé de la falaise, car on trouva son corps complètement méconnaissable au milieu des éboulis, la cuisse enfoncée dans le tronc jusqu'au genou. L'os blanc, sans chair, de la cuisse gauche, était à une coudée de là.

La rumeur du suicide persista. L'acte de baptême du fils de Seff fait apparaître une écriture tremblée, quasi illisible, tandis que celui de l'autre enfant manifeste l'aisance habituelle de la plume du curé — mais nous ne voulons rien dire d'autre que ce que nous disons.

Le miracle de son ouïe

Tout l'après-midi, la brume, débordant la vallée, monta depuis le Rhin et envahit le hameau de Hof, où se trouvait la propriété de Seff Alder. Elle givrait dans les forêts, suspendait aux branches des fils de glace, et recouvrait d'un voile de frimas, du côté sud, l'écorce des sapins. Cet après-midi-là, la lune et le soleil se faisaient face. La lune comme une hostie brisée, le soleil comme la joue d'une mère. Le garçon était monté sur le tabouret à la fenêtre de la chambre des enfants que la Seff était en train de verrouiller doublement en coinçant un bâton entre le montant et la poignée. Elias, debout, scrutait un peu plus bas la lisière de la forêt derrière laquelle coulait l'Emmer. Son âme fut gagnée par une tristesse immense. Il fallait qu'il descendît.

Dans la nuit, la simple chute des flocons de neige suffit à le réveiller. Fou de joie, il bondit vers la fenêtre, la releva et resta là à écouter, insatiable, jusqu'à l'aube. À cette époque, son frère Fritz ne dormait déjà plus dans la même chambre. Les parents l'avaient pris dans la leur afin de le protéger de l'enfant maudit. Au matin, quand la Seff découvrit Elias, il avait le front couvert d'une sueur brûlante, et dans les jours qui suivirent une forte fièvre le tint au lit. Mais il était d'une inexplicable gaîté et passait la moitié du jour à chanter tous les cantiques de l'église, en faisant le tour de l'année.

En ce temps-là, l'enfant comprenait encore peu de chose. Il ne comprenait pas pourquoi il devait se taire quand un étranger pénétrait dans la maison, alors que son frère avait toujours le droit d'être présent. Il ne comprenait pas pourquoi sa mère ne voulait pas le veiller jusqu'à ce que revînt le bruit superbe des flocons de neige. Il ne comprenait pas non plus pourquoi il n'avait pas le droit de lui toucher le lobe des oreilles au moment où il allait s'endormir. Quand elle alla jusqu'à lui interdire de chanter, l'enfant fit entendre des lamentations si déchirantes qu'elle finit par céder et l'y autorisa, tout au moins le soir.

Il nous faut ici dévoiler le secret de cet enfant, faute

de quoi le comportement de la Seff paraîtrait inexplicable. Elias avait une voix de verre, selon le mot de son oncle Oscar Alder, l'instituteur et organiste d'Eschberg. La médecine est incapable de rendre compte de ce singulier phénomène, qui est congénital. Lorsque l'enfant se mettait à parler, sa bouche n'émettait qu'un sifflement aigu. Sa voix ne possédait pas la véritable mélodie de la parole, elle ne modulait pas mais sifflait une seule note indéfiniment tenue. C'est cette particularité qui avait fait frissonner Seff lors du baptême, car il estimait alors que cette tare était définitive. Il n'en dit pas un mot — sa bouche n'en était d'ailleurs pas prodigue.

En cet après-midi où la lune et le soleil se faisaient face, le petit Elias, âgé de cinq ans, s'échappa de sa chambre d'enfant. Quelque chose l'appelait. Il lui fallait descendre.

Personne ne s'occupait de lui. On ne s'occupait pas des enfants, à Eschberg. Lorsqu'un petit Alder, au cours d'un effroyable orage, se noya dans les eaux furieuses et brunes de l'Emmer, sa mère se sortit d'affaire en disant qu'il avait toujours retrouvé jusque-là le chemin de la maison, et que c'était, qu'y faire ? l'heure choisie par Dieu pour rappeler à lui le pauvre marmot. Quelques jours après cet orage, Seff entreprit d'extraire de l'Emmer le bois que les eaux avaient emporté. C'était un droit dont les paysans jouissaient depuis des siècles. Ce que l'on pouvait ramasser, on en était propriétaire. Mais cet affouage donnait constamment lieu à des conflits et à des rixes sanglantes, car il pouvait parfaitement arriver que l'on coupât volontairement un beau sapin dans le bois du voisin et que l'on s'obstinât à le revendiquer comme bois d'affouage.

À l'occasion de cette recherche de bois dans l'Emmer,

Elias eut le droit d'accompagner son père. Et c'est là qu'il découvrit l'endroit, plus exactement la roche polie par l'eau qui l'attirait de si étrange façon. Seff avait remarqué que l'enfant, en pataugeant dans le sable et la boue, s'arrêtait brusquement, penchait nerveusement sa petite tête tantôt à droite, tantôt à gauche, comme s'il eût fait effort pour écouter quelque chose. Puis l'enfant grimpait, comme affolé, à travers le sous-bois, et l'on eût dit qu'une puissance inconnue l'appelait. Quand pour finir il porta à sa bouche et à ses oreilles tout ce qui était à sa portée — boue, gravier, scarabées, lézards, herbes et feuilles moisies —, Seff l'appela par son nom pour lui signifier qu'il n'était pas seul dans ce coin sauvage. L'enfant en fut si effrayé qu'il se mit à pleurer à grand bruit et refusa longtemps de se laisser consoler. Il ne quitta plus d'un pouce un certain surplomb de rocher d'où Seff dut le tirer avec force pour le prendre sous son bras. Cette observation nous permet d'affirmer que le miracle ne tomba pas sur Elias comme la foudre d'un ciel serein, mais s'annonça de manière progressive, et pour tout dire presque humaine.

La roche l'appelait. Elias devait descendre. Il se faufila dans l'escalier, traversa l'aire à battre et gagna l'étable fumante des vaches. De là, il prit le sentier que l'on ne voyait d'aucune fenêtre de la maison. Il n'en descendit pas moins la première portion à la course et courut jusqu'à ce qu'il fût sûr que l'on ne pouvait plus distinguer la ferme. Il émit un sifflement de joie, cabriola, pirouetta à travers le hameau jusqu'au lit de l'Emmer. Mais Seff, qui prenait du fumier dans le hameau voisin, Seff le vit. Il vit cette petite tache humaine impondérable sur la vaste blancheur du champ. Il le vit disparaître en zigzag au-delà de la lisière de la forêt. Seff planta sa fourche dans le sol gelé, mit ses mains en entonnoir devant sa bouche avec l'intention de crier, d'appeler son fils, mais y renonça afin de ne pas déranger l'enfant dans sa joyeuse solitude. Le regard vitreux de Seff restait fixé sur l'ombre que dessinait la forêt et derrière laquelle avait disparu l'enfant. Puis il reprit sa fourche et l'enfonça puissamment, furieusement même, dans le tas de fumier d'où montait de la vapeur. « Foutredieu, y a quelque chose qui ne va pas chez le gamin ! » Et la pelletée de bouse vola plus loin que toutes les autres.

L'étrange enfant marchait, enfonçait ses pas dans le paysage givré de brume. Il chemina une demi-heure ou plus, usa habilement de ses mains et de ses pieds pour contourner la première cascade, puis la seconde. Il était obligé de faire souvent halte, car son oreille ne pouvait se rassasier du grésillement des cristaux de glace qui partout s'égrenaient des branches. Dans la joie de l'exaltation, Elias plantait le bout de ses lourdes et grossières chaussures de cuir dans la neige glacée. Et cette croûte rugueuse se dispersait en un tourbillon de mille étincelles, grinçait et susurrait en des sons si multicolores que jamais Elias n'en avait entendu de pareils. Même le son étrange des flocons de neige, cette autre nuit, n'était rien en comparaison de ce concert grandiose.

Elias avançait, avançait. Il remonta sa culotte, releva le nez et enfonça sur son visage le chapeau de feutre de son père. Il s'en était emparé un jour et refusait de le rendre. Dans les nuits difficiles, il le tirait de sa paillasse et le flairait jusqu'à ce qu'il se sentît consolé. Il flairait la sueur froide, l'odeur des cheveux, celle des bêtes — c'était le chapeau que son père mettait à l'étable.

Plus Elias approchait de la roche polie par les eaux,

plus les battements de son cœur étaient désordonnés. Il lui semblait que le bruit de ses pas, sa respiration, le grincement de la neige gelée, les gémissements du sous-bois, la rumeur de l'eau de l'Emmer enfermée sous la glace, que tous les bruits qui l'entouraient s'enflaient, retentissaient avec plus de force et d'éclat. Quand Elias eut enfin grimpé sur l'avancée de rocher, il entendit un tonnerre sortir de son cœur. Il pressentit sans doute ce qui allait venir, car soudain il se mit à chanter. C'est alors que vint le miracle. Cet après-midi-là, Elias entendit résonner l'univers.

Comme il avait froid à la tête, il enfonça plus profondément encore le chapeau sur son visage. Cela produisit dans ses oreilles une telle détonation que, sous le choc, il glissa du surplomb de rocher et tomba à la renverse dans la neige. La dernière chose qu'il perçut de la réalité, ce fut une touffe de cheveux blonds ensanglantés. Tandis qu'il tombait, son ouïe se démultipliait.

Le petit corps commença à se transformer. Les globes de ses yeux sortirent de leurs orbites, passèrent même par-dessus les paupières pour s'étendre jusque sous les sourcils. Et le duvet de ceux-ci se collait à la cornée mouillée de larmes. L'iris parut se dissoudre, dériver et recouvrir tout le blanc des yeux. Sa couleur naturelle, un mélancolique vert d'herbe sous la pluie, céda la place à un jaune d'une viscosité répugnante. La nuque de l'enfant se raidit et son occiput s'enfonça douloureusement dans la neige dure. Puis la colonne vertébrale s'arc-bouta, le ventre enfla, le nombril devint dur comme de la corne, et de la peau depuis longtemps cicatrisée suinta du sang. Quant au visage de l'enfant, il présentait un aspect affreux, comme si y eussent été ensevelis tous les cris de douleur de l'homme et de la créature. Les mâchoires avançaient, les lèvres étaient rabougries en deux minces traits anémiques. Une à une, les dents de l'enfant tombaient, car la gencive s'atrophiait, et l'on ne s'explique pas comment cela ne l'étouffa pas. Puis, monstrueusement, sa verge forcit, et le sperme précoce se mêla à l'urine et au sang du nombril pour former une rigole chaude qui descendait le long des plis de l'aine. Pendant tout ce processus, l'enfant laissa échapper tous les excréments de son corps, depuis la sueur jusqu'aux matières fécales, en exceptionnelles quantités.

Ce qu'il entendit ensuite, ce fut le tonnerre noir qui venait de son cœur. Un tonnerre aujourd'hui, un tonnerre demain : il perdit le sens du temps. Aussi nous est-il impossible de savoir pendant quelle durée Elias resta effectivement allongé dans la neige. À vue humaine, quelques minutes peut-être, aux yeux de Dieu sans doute des années, comme il ressortira d'une curieuse circonstance.

Des bruits, des vibrations, des sons et des notes se découvrirent à lui qu'il n'avait jamais entendus avec cette clarté. Elias ne se contentait pas d'entendre, il voyait la vibration des sons. Il voyait l'air, sans cesse, se condenser et s'étendre à nouveau. Il voyait les vallées des sons et leurs montagnes géantes. Il voyait le bourdonnement de son propre sang, le crépitement des mèches de cheveux dans ses petits poings. Et sa respiration traversait les ailes de son nez en sifflant de façon si stridente qu'une tempête de fœhn eût donné l'impression d'un murmure. Les sucs de son estomac se mêlaient avec des gargouillis et des clapotements lourds. Ses entrailles roucoulaient dans une indescriptible variété. Des gaz se détendaient, chuintaient ou détonaient, la substance de ses os vibrait, et même le liquide lacrymal tremblait sous les battements sourds de son cœur.

À nouveau la portée de son ouïe se démultiplia, explosa et recouvrit comme une immense oreille l'endroit où il gisait. Elle s'enfonçait dans la terre pour écouter des paysages à des milliers de milles de profondeur, s'élargissait pour entendre des contrées éloignées de milliers de milles. Sur le décor sonore de ses propres bruits physiques défilaient avec une vitesse toujours plus grande des scénarios acoustiques autrement plus puissants. Des orages de sons, des tempêtes de sons, des mers de sons et des déserts de sons.

Tout à coup, Elias reconnut dans cette énorme masse de bruits les battements de cœur de son propre père. Cependant, le cœur de son père battait à l'intérieur du sien de façon si arythmique, avec si peu d'harmonie et d'unisson, qu'Elias, s'il avait eu tous ses sens, en eût été désespéré. Mais Dieu, dans son infinie cruauté, montrait et montrait encore.

Les orages de sons et de bruits s'abattaient sur les oreilles d'Elias en flots d'une inconcevable ampleur. Un tohu-bohu démentiel de cœurs battants s'éleva, un éclatement d'os, le bourdonnement et la chanson du sang d'innombrables veines, un frottement sec et cassant lorsque se séparaient des lèvres, des craquements et des brisures entre les dents, une incroyable résonance faite de déglutitions, de borborygmes, de toux, de salive, de morve et d'éructations, le glougloutis de sucs gastriques fielleux, le choc d'un jet sonore d'urine, le frôlement de chevelures et celui, plus sauvage encore, de fourrures animales, la friction sourde de textiles sur des peaux humaines, le chant ténu de l'évaporation de gouttes de sueur, une abrasion de muscles, le cri du sang quand se dressait le membre d'êtres humains et d'animaux. Sans parler du chaos insensé des voix et bruits de l'homme et de toute créature sur terre et sous la terre.

Et son oreille pénétrait plus profond, s'enfonçait dans tous ces cris, ces bavardages, ces aboiements, dans ce magma qui parlait, chuchotait, chantait et gémissait, beuglait et jubilait, implorait, sanglotait, soupirait, haletait, lappait et mastiquait, dans lc silence subit où les cordes vocales vibraient encore violemment du son des mots qui venaient d'être dits. Il n'était pas jusqu'au grondement des pensées qui ne parvînt à l'oreille de l'enfant. Le champ de son ouïe ne cessait de croître en progression géométrique et de voir des sons de plus en plus pittoresques.

Puis le concert indescriptible des bruits et sons de tous les animaux et de toute la nature, et, au milieu, le nombre interminable des solistes. Les meuglements et bêlements, le souffle des naseaux et les hennissements, le cliquetis des chaînes de harnais, le léchage et la friction de langues sur le sel gemme, le claquement des queues, les grognements et les corps qui roulent, les ballonnements et les pets, les couinements et les cricri, les miaulements et les clabaudages, les caquetages et les cocoricos, les gazouillis et les battements d'ailes, les dents qui rongent et les becs qui picorent, les pattes qui fouillent et grattent...

Et son regard s'enfonça encore plus avant. Vit les bêtes des mers, la chanson des dauphins, la plainte gigantesque des baleines mourantes, les accords de bancs de poissons incommensurables, le crépitement du plancton, les ondes en spirale quand des poissons expulsaient leur laitance, vit la résonance des flots, l'effondrement de montagnes souterraines, la stridence luisante et métallique des fleuves de lave, la chanson des marées, le jaillissement de l'écume, le bourdonnement de milliers de tonnes d'eau aspirées par le soleil, la rumeur, le craquement, l'éclatement d'énormes chœurs de nuages, les fanfares de la lumière... Que sont les mots ?

Il faut parler d'un dernier son encore, d'un son tellement en filigrane qu'il eût dû disparaître dans le charivari de l'univers. Mais il ne disparut pas. Il était apporté d'Eschberg. C'était le tendre battement du cœur d'un enfant qui n'était pas né, d'un fœtus de sexe féminin. Ce qu'Elias avait entendu et contemplé, il l'oublia ; mais il n'oublia plus le bruit de ce cœur à naître. Car c'était le battement du cœur de l'être qui lui était destiné de toute éternité. C'était le cœur de sa bien-aimée. On a peine à croire qu'Elias ait survécu à cette voie de fait, on a peine à croire qu'il n'en soit pas devenu fou.

Les normes humaines laisseraient penser qu'il devint sourd à l'instant. Que son ouïe n'en subît aucun dommage relève du prodige : du moins ne relève-t-on par la suite aucun indice laissant penser que cela fût le cas. Dieu, semble-t-il, n'en avait pas fini avec lui. Dieu était loin d'en avoir fini avec lui.

Après cette terrible épreuve auditive, les déformations qui avaient affecté le corps de l'enfant refluèrent. Les globes oculaires reprirent leur taille normale, la colonne vertébrale se redressa, la crispation des membres disparut. De même, les mâchoires si effroyablement proéminentes se rétrécirent. Mais le jaune métallique de l'iris ne reprit plus son mélancolique vert d'herbe sous la pluie. À l'arrière de sa tête, des touffes entières de cheveux étaient tombées, et il avait perdu toutes ses dents. Cependant cette carence ne dura pas, car sa bouche ne tarda pas à se regarnir, et il mit ses dents définitives avec beaucoup de précocité. Outre le jaune fantomatique de l'iris, d'autres transformations fantomatiques virent le jour.

La voix de verre avait mué. Elle s'était enflée, avait gagné autant en volume qu'en tessiture. L'organe de l'enfant s'était métamorphosé en une voix de basse chaude et pleine. Cette voix étonnante provoqua une telle stupéfaction dans le village que ses parents, de honte, résolurent d'enfermer Elias dans la chambre des enfants et de le traiter désormais comme un épileptique. Une autre métamorphose consistait en ceci qu'un fin duvet lui avait poussé aux tempes, au-dessus de la lèvre supérieure, au menton et au sexe. Le corps d'Elias Alder était devenu pubère.

On ne peut s'expliquer non plus comment l'enfant retrouva le chemin de la maison. La Haintz, qui, en cet après-midi de décembre, était allée faire un brin de causette chez les Seff Alder, fut la première à l'apercevoir. Dans la cuisine fumait la semoule que la Seff faisait cuire pour le dîner. Debout près du foyer, elle remuait la bouillie avec sa louche. Ah ! la malédiction de Dieu pesait sur ce gamin, elle en était chaque jour plus certaine. La Haintz hocha une tête massive et essuya avec ennui, de sa main déformée par la goutte, la buée sur la vitre. Elle avait vaguement pressenti quelque chose, poursuivit la Seff, mais elle avait pensé qu'elle se faisait des idées.

Tout à coup, la Haintz poussa un cri rauque : « Mon Dieu, Seigneur Jésus ! Le gamin, tout nu, le gamin tout nu dans la neige ! »

La poêle alla brinquebaler par terre, la porte s'ouvrit, un sabot resta sur le seuil. La Seff trébucha dans la neige et prit l'enfant dans ses bras épouvantés, le serra si fort contre son corps qu'il avait peine à retrouver sa respiration. Elle l'emporta dans la cuisine, le posa sur la table de bois luisant pour l'habiller. Lorsqu'elles virent Elias allongé, les deux femmes sentirent le rouge leur monter aux joues, car elles remarquèrent que son membre s'était gonflé. Effrayée, la Seff alla chercher le baquet, un lange, et elle retourna l'enfant pour le soustraire au regard glacial de la Haintz. En voulant le langer, elle écarta si violemment sa verge de son ventre qu'Elias, fou de douleur, poussa un hurlement.

« Mon Dieu, Seigneur Jésus ! Quelle voix ! On dirait un cerf qui brame ! » dit la Haintz en se signant, et elle s'enfuit, affolée.

Elle ne quitta pas la ferme, il est vrai, sans avoir promis par tout ce qu'elle avait de plus sacré de ne pas dire le moindre mot de cet incident : aussi, le dimanche, tout le monde lorgnait-il avec curiosité vers les époux Alder. Il n'est pas impossible que certaines femmes aient à ce moment conçu quelque orgueil, car enfin elles n'avaient donné à leurs maris qu'un mongolien, et non pas ce démon aux yeux jaunes comme du pipi de vache.

Mais une autre femme, la Nulf, qui en était à son cinquième mois de grossesse, posa son livre de prières sur son ventre et fit un serment. Si son enfant était sain d'âme et de corps, elle jurait à la sainte Vierge de mettre tous les mois un bouquet sur son autel, aussi longtemps qu'elle vivrait, elle, Virginia Alder.

La Seff se fit par la suite d'amers reproches, s'accusa elle-même devant son mari, se demandant comment elle avait pu faire pour ne pas remarquer le comportement indécent du gamin quand il était encore dans la neige. Personne n'en aurait rien su ; pour les cheveux et les dents, ils n'auraient pas tardé à repousser. Mais cela ne servit à rien. Elias devint l'énigme d'Eschberg, et l'on ne cessait de chuchoter.

Les premières nuits, Seff et sa femme ne dormirent pas dans leur chambre, mais sur l'aire à battre, dans le foin. Ils couchèrent le petit Fritz entre eux. À cette époque, la Seff ne fermait pas l'œil jusqu'à l'aube, et toutes ses pensées tournaient, de plus en plus étroitement, autour de l'enfant qu'elle pensait possédé. Quand elle suggéra à Seff qu'une poutre de la charpente vermoulue pourrait bien tomber par hasard sur le gamin, ou qu'il pourrait, par malheur, se noyer dans l'Emmer, ou qu'une vache en chaleur pourrait le tuer d'un coup de corne, le Seff lui mit si violemment le poing dans sa foutredieu de gueule qu'il lui démit le menton. Dès lors, il était exclu de parler de l'enfant, et quand la Seff put retrouver la parole, elle avait perdu le courage de vivre. Mais elle n'abandonna pas tout espoir de voir s'améliorer les choses, et c'est ce dont il va être question dans le chapitre que voici.

Le temps de la chambre

Après que Dieu, si prodigieusement mais si cruellement, eut ouvert l'oreille d'Elias, le silence se fit en lui. Mais c'est autour de lui que le silence ne se faisait pas. Aussi, les époux Alder le cachaient soigneusement à l'indiscrétion de l'opinion publique, le tenaient prisonnier, à force de corrections, de gifles et de coups de bâton, dans sa chambre qu'il ne pouvait plus quitter sans qu'on le lui demandât.

La ferme de Seff Alder, jusque-là si calme, connaissait l'animation. Tous les parents imaginables — ils étaient presque tous à Eschberg — jugèrent soudain qu'il était bien temps de reprendre les visites à leur chère famille du hameau de Hof. C'est ainsi qu'ils venaient sous les prétextes les plus fantaisistes, simulaient de l'intérêt pour la prospérité du bétail, louaient avec insistance la propreté de l'étable où aucune vache ne pouvait se coucher dans sa bouse, flairaient avec enthousiasme le foin si étonnamment sec, buvaient en excessives quantités le cidre qu'on leur mettait sur la table, célébraient à grands cris l'impeccable nettoyage de la cuisine de la Seff et demandaient enfin comment se portait ce cher petit, hélas ! tellement à plaindre. Ils espéraient voir le crétin, mais Seff et sa femme répondaient uniformément : « Le gosse est malade, il a de l'urticaire. »

Des visiteurs ultérieurs remarquèrent que l'on ne mettait plus le cidre odorant sur la table et que la scarlatine du gamin durait cette fois bien au-delà de la mesure habituelle. Et lorsque même Nulf Alder, l'ennemi mortel, franchit le seuil de la maison, la patience du pauvre Seff ne résista pas. Il saisit le gaillard par les épaules et le jeta dans un trou que formait la neige. Personne ne parvint à voir le garçon.

Cela poussa une poignée d'enfants d'Eschberg — tout remués par les suppositions des anciens — à se glisser un jour, après le catéchisme, jusqu'à la ferme maudite. On avait déjà identifié la fenêtre de la chambre. C'est vers là qu'ils se dirigèrent, et ils raillèrent les yeux d'Elias, jaunes comme de la pisse de vache. Qu'il vienne donc à la fenêtre et leur montre le tour de force de sa voix ! Elias les avait déjà entendu brailler lorsqu'ils avaient quitté le presbytère pour venir jusqu'ici en dansant. Il tira la paillasse sur sa tête avec l'intention d'attendre que ces terreurs se fussent éloignées. Mais il avait beau se boucher les oreilles des deux mains, rien n'y faisait. Comme les insultes n'avaient pas de fin et que l'un des enfants le traitait de diable jaune, il n'y tint plus. Il bondit à la fenêtre, l'ouvrit brusquement et lança sur les têtes qui se trouvaient en dessous un cri si terrifiant que tous prirent leurs jambes à leur cou dans toutes les directions en pleurant d'épouvante. Pendant des jours encore, les enfants jérémiaient qu'ils avaient vu Pisse-Jaune de leurs propres yeux.

L'un d'eux, cependant, était tranquillement resté sous la fenêtre. Il s'appelait Peter Elias, et c'était le fils de Nulf Alder. Nous l'avons déjà rencontré, puisqu'on le baptisa en même temps que notre Elias. Peter était là et ne bougeait pas d'un pouce. Non qu'il fût sous le choc, point du tout. Peter restait à cause de l'éveil soudain d'une froide fascination suscitée par un être aussi différent. Et il l'entendit éclater en sanglots au-dessus de sa tête. Les pleurs d'Elias dans le soir printanier étaient si déchirants que la jeune herbe des prairies se mit à pencher tristement la tête et que la rumeur de la forêt proche se transforma en sanglots. Mais Peter n'était pas ému. Il restait la bouche ouverte, et ses yeux transperçaient froidement celui qui était là-haut. À compter de ce jour, Peter chercha à gagner l'amitié d'Elias. Au début, il alla tous les soirs sous la fenêtre de la chambre. Puis il vint plus rarement, mais avec une constance opiniâtre. Il n'avait pas besoin de siffler, d'attirer l'attention par des cris de chouette. Elias l'attendait.

Il nous est permis d'affirmer que Peter fut dans la vie d'Elias le seul être humain à reconnaître son génie. Il pressentait que quelque chose de grand était donné à Elias. Et comme il ne put jamais se défaire de ce pressentiment, il tenta de lui enfoncer la tête sous l'eau. Et Elias obéissait presque aveuglément à son ami. Il lui obéissait par naïve gratitude, parce qu'un être, un seul, ne l'avait pas abandonné dans les moments les plus amers de sa vie. Elias aimait Peter.

À présent, la Seff négligeait tout ce qui aurait pu favoriser le développement de son précoce rejeton. Elle ne lui parlait pas, posait sa soupe devant la porte de la chambre comme on laisse du lait pour le chat. Au début, elle évitait tout contact, par peur que la fièvre jaune de ses yeux ne la contaminât. « Tendresse » ou des mots de cet ordre étaient inconnus tant à la Seff qu'à la majorité des femmes d'Eschberg. Elle portait aussi de moins en moins d'attention à la propreté de l'enfant, de sorte qu'il finit par être couvert de crasse et de poux. Usuellement, elle lavait ses enfants le samedi, et son rêve de jeune fille avait été autrefois de les présenter à la communauté des fidèles, le dimanche, avec les nez le mieux frottés et les petits cols les plus nets. Elle niait aujourd'hui énergiquement avoir ne fût-ce que rêvé, de près ou de loin, à des choses pareilles. La Seff se laissait aller. Elle filait un mauvais coton, et que sa cuisine eût été d'une propreté exceptionnelle était, naturellement, tout sauf vrai.

Elle reprit espoir une nouvelle fois, se ressaisit pour échapper à l'apathique lassitude de la vie qui s'était emparée d'elle et se remit à chanter ses chansons de jeune fille. Mais l'espoir ne dura que quelques jours. C'était la Haintz qui l'avait rallumé, la femme du bedeau. La Haintz lui avait conseillé de tenter sur le gamin diverses frictions, lotions et compresses. L'idée lui en était venue, dit-elle en soufflant, tandis qu'elle ne pensait à rien en regardant le matin de mai. Du vert, partout du vert, se disait-elle. Il devrait bien être possible de rendre à Elias un peu de tout ce vert, et d'ailleurs elle savait comment.

On essaya d'abord les feuilles de pissenlit, mouillées de salive et claquées ensuite sur les paupières de l'enfant. Elias ne devait pas bouger de tout l'après-midi. Le soir, on enleva les feuilles fanées avec l'espoir de retrouver dans ses yeux le magnifique vert du pissenlit. Mais la chandelle jalouse ne voulait éclairer qu'un jaune dont pâlissait le sien.

Le lendemain, on se mit très tôt au travail. Pendant la moitié de la matinée, on passa les prairies au peigne fin, on ramassa de pleins tabliers de simples, et plus généralement de tout ce qui se distinguait par un authentique vert. Dans leur zèle, les femmes cueillirent même les jeunes pousses d'épicéa, dont on faisait habituellement un sirop. La Haintz conseilla de commencer par ces pousses. Cela eut à tout le moins pour résultat que, lorsqu'on eut fait de ces rejets une décoction qu'on versa sur les paupières du pauvre Elias, celui-ci en garda de graves brûlures. À peine le malheureux fut-il guéri que la Haintz inventa une nouvelle méthode pour faire revenir le vert des yeux.

L'idée lui en était venue, dit-elle, tandis que, sans penser à rien, elle fauchait l'herbe du soir. Comme il s'agissait d'un dépérissement à l'intérieur, on ne pouvait — Mon-Dieu-Seigneur-Jésus, que cela ne lui soit pas venu plus tôt ! — que le combattre de l'intérieur. Elle prit donc une assiette à soupe et y râpa un peu d'écorce de bouleau et d'écorce de charme, de feuilles de muguet, de tamier, de daphné et de lis martagon, et y versa deux cuillerées du premier lait d'une vache qui venait de vêler. Le résultat fut cette fois une crampe d'estomac qui dura toute la nuit, et comme les femmes s'apprêtaient à essayer une médication encore nouvelle, le garçon les chassa violemment de sa chambre par une sorte de brame retentissant et mauvais. La Haintz ne put faire briller à nouveau dans les yeux d'Elias leur mélancolique vert de pluie, et on ne la vit plus que rarement chez sa commère. Il y avait ces temps-ci tant de travail à la ferme, dit-elle pour s'excuser, et c'était une vache après l'autre qui vêlait.

Elias passa deux hivers enfermé dans sa chambre. De temps à autre venait Peter, qui restait en silence sous la fenêtre, gardait fixement les yeux levés, et repartait. Nulf, son père, frère et ennemi mortel de Seff, ne parvenait pas à lui faire cesser ces visites, même en le battant jusqu'au sang. Peter venait, gardait le silence et repartait. Les deux garçons n'échangeaient pas trois mots. Mais la fidélité obstinée de Peter lui gagna la confiance d'Elias.

Vint le dimanche de Quasimodo. Elias aurait dû faire sa communion un an auparavant, mais sa mère avait obtenu du curé un délai de grâce. Son garçon, prétextait-elle, avait été brusquement atteint par une douloureuse maladie des membres et il souffrait à l'heure actuelle d'un mystérieux amaigrissement associé à d'effrayants maux de tête. Il fallait reporter la communion d'un an encore. Là, le curé Fridolin Beuerlein ne voulut pas y croire, et il vint avec détermination à la ferme de Seff Alder. Le curé Beuerlein était un monsieur plein de bonté, sec, et au nez très long. Comme, après de longues persuasions, les époux Alder n'étaient toujours pas prêts à laisser communier Elias, le curé prit sa défense en des termes inhabituellement durs et se mit à blâmer le plus vivement du monde l'obstination bestiale des parents.

Seff et sa femme n'en démordaient pas. Seff ne finit par accepter que lorsque le curé eut recours à la menace des pires tourments de l'enfer pour punir ce péché mortel. Sa femme refusa. Cela lui était égal, crânait-elle, de rôtir embrochée sur une lance dans le feu de l'enfer. L'enfant ne ferait pas sa communion.

Sans peindre dans les détails le déroulement de la cérémonie — les regards torves et les contorsions de nuque, le silence soudain des fidèles quand l'enfant commença à chanter de sa voix de basse —, nous retiendrons qu'aucun communiant ne fit entrer le petit Jésus dans le tabernacle de son cœur avec autant de piété et de pureté que notre Elias Alder. Mais lors du banquet qui eut lieu ensuite à l'Auberge du Chasseur, le gamin avait déjà disparu, et, pour l'avenir, la Seff établit qu'il irait certes à la messe, mais qu'il n'entrerait dans l'église qu'au deuxième *Kyrie* et la quitterait avant la bénédiction du prêtre. Elle lui assigna comme place le dernier banc du côté de l'Épître, où les vieillards chiqueurs de tabac avaient coutume de venir faire leur petit somme du dimanche.

Dirigeons à nouveau notre regard sur la mère de notre héros, dont nous disions que l'anormalité de son enfant lui avait fait perdre le courage de vivre. Cette affirmation doit être appuyée par un épisode qui eut lieu la même année, lors de la fête de la Trinité.

À la Trinité, on tenait kermesse, et la fête se terminait le plus souvent en de sauvages altercations, des échanges d'insultes et des rixes parfaitement sanglantes. Il n'y avait pas d'autre jour de l'année où toute la troupe des paysans pût se retrouver au même endroit, sur la prairie qui s'étendait devant la petite église. Et pas d'autre jour où l'on bût avec autant d'ardeur que ce jour de kermesse où l'eau-de-vie de cerise était gratuite.

La fête commença par une messe en plein air. L'autel était entouré d'un charmant tapis de fleurs formé de marguerites et de dents-de-lion. On y avait dessiné les mots AVE MARIA, mais, pendant la nuit, une vache était venue s'ébattre sur le pré de l'église et la lettre R était à présent défigurée par une grosse bouse bien grasse. Cela attrista le curé, qui avait des tendances marianistes et avait même appartenu, jeune homme, à la congrégation du Cœur-de-Marie. Il tenta de restaurer le caractère. Les enfants de chœur en surent quelque chose, qui, en lui présentant l'eau, relevaient le nez avec bien peu d'humilité pour échapper à l'odeur de ses mains. En fin de compte, ce fut une messe fort émouvante, et lors de la bénédiction solennelle avec l'ostensoir, les paysans braillèrent joyeusement le *Te Deum* comme s'ils en étaient déjà aux chants de marche et aux chansons à boire.

Après la messe commença la véritable fête. Le maître d'école avait fait apprendre aux enfants une ode interminable à la très haute et très vénérée Maison impériale, dont les vers avaient été composés par un homme qu'il nous arrivera souvent de rencontrer par la suite. Il s'appelait Michel-le-Charbonnier, nom qu'on lui avait donné parce qu'il entretenait le feu de la charbonnière située dans le hameau d'Altig. Chacun des enfants avait à réciter deux strophes de ce vaste poème et à en représenter le contenu par une scène vivante. Ainsi en allait-il également d'Elias. Lorsque vint son tour, plusieurs personnes eurent des grimaces avinées, ce qui aggrava quelque peu le scandale. Le garçon, une petite couronne de marguerites dans les cheveux, s'avança vers le public et commença sa récitation. Quand il se mit à parler, de sa voix de basse chaude et éminemment théâtrale, la troupe des paysans partit d'un éclat de rire si effroyable qu'on l'entendit en bas jusqu'à Goetzberg. Elias fut incapable de dire un mot de plus, et il fixait des yeux écarquillés sur la foule criarde qui, pour sa part, fixait les siens sur le jaune criard des yeux d'Elias. La Seff eut une crise subite d'étouffement et s'écroula devant tout le monde. Elias restait encore planté là, et il fallut que le maître d'école le fît descendre des tréteaux. Le tintamarre — certains, qui voulaient avoir l'air distingué, criaient : « Tackapo ! Tackapo ! », le tintamarre ne s'apaisa que lorsque Signor Foco, le célèbre cracheur de feu, fut monté sur la scène. Tandis que Signor Foco faisait jaillir ses cascades de flammes, on se remémorait le dimanche du Soufre de l'année 1800, on se montrait en riant les portes à triple épaisseur, à douze gonds et cloutées de fer, et Haintz Lamparter, l'aveugle, qui avait perdu ses yeux à cette occasion, éleva la voix pour regretter le bon vieux temps : depuis que le curé Benzer n'était plus de ce monde, il ne se passait plus rien à Eschberg. Il poussa un soupir et tendit vers sa chope une main tâtonnante.

Dans les temps qui suivirent, Agathe Alder, la Seff, périclita terriblement. Elle ne se lavait plus, ne cuisinait rien d'autre pendant des semaines que de la bouillie de semoule, engloutissait, s'empiffrait de vieux restes, devenait obèse, et sa figure était blanche comme un linge. Elle ne voulait plus coucher avec son Seff, et quand elle fut « grosse comme une truie qui va mettre bas » — le mot était de sa seule amie — ce fut Seff qui ne voulut plus la toucher. Elle n'avait pourtant guère que vingt-six ans. Pour le reste, elle s'adonnait à des cultes mystérieux, se promenait la nuit à travers le village en priant et en chantant, mettait des chandelles allumées sur des crapauds, se vautrait nue dans les feuilles mortes, faisait marcher des bousiers sur son ventre, se bourrait le vagin de glaise, et elle finit même par se couper un morceau de chair à la joue gauche. Elle l'apporta ensuite solennellement à l'église, sur un coussin, étala sa relique sur l'autel de saint Eusèbe, qui, disait-on, avait lui aussi apporté un morceau de sa propre chair du mont du Bresner au mont Saint-Victor. Cela demandait à vrai dire une grande virtuosité, puisqu'il s'agissait de sa tête, coupée par des hommes qui refusaient de respecter le repos sacré du dimanche. La Seff passait des heures et des heures agenouillée devant l'autel et ne cessait de se poser cette éternelle question : pourquoi Dieu l'avait-il punie en lui donnant un pareil enfant ? S'il ne lui avait envoyé qu'un gamin bizarre — elle voulait dire un mongolien — il n'aurait pas particulièrement attiré l'attention du village. Hélas ! il y avait longtemps qu'elle s'était remise de ce chagrin et qu'elle avait recouvré le goût de vivre — quand ce vœu fatal fut précisément exaucé. Aussi impitoyable que cela paraisse, l'égarement provisoire de sa mère fut pour Elias le commencement de la vie. On lui laissa — ou, plus exactement, il gagna sa liberté. Chez les Alder, de toute façon, tout était devenu indifférent.

Mais que fit Seff, dont l'affection eût été si nécessaire aux siens ? Car il arrivait qu'Elias se jetât à son cou avec des larmes amères, incapable de prononcer un mot, dans le simple espoir que son père allait le garder contre lui et le consoler sans rien dire.

Seff se taisait.

Et Fritz, son frère ? Nous ne chercherons pas à dissimuler qu'il ne nous intéresse pas. Fritz resta toute sa vie un personnage si insignifiant que nous aurions aimé pouvoir tout simplement le soustraire aux yeux du lecteur. Il était de l'espèce de ceux qui se fondent dans leur époque et ne disent rien à personne. Du reste, pas un seul mot de lui n'est effectivement rapporté. Si c'était le cas, ce mot-là ne susciterait pas pour autant notre intérêt.

La prime jeunesse de notre héros offre une image bien sombre. Il connut cependant des moments de joie pure qu'il serait malhonnête de cacher au lecteur. Donnons-en pour exemple un dernier épisode avant de retourner au printemps de 1808 et à l'enfant de cinq ans que notre héros était alors.

C'était un matin d'avril brouillé de pluie. Vers le milieu de la journée, Elias était à la fenêtre de sa chambre d'enfant et pouvait observer une femme inconnue qui haletait en montant le chemin du village. Aux sangles de cuir qu'elle avait sur l'épaule et à sa valise de cuir rouge, il reconnut aussitôt une sage-femme. Elias releva la fenêtre pour voir où cette femme allait. Elle avait déjà disparu de son champ de vision, et il dut se pencher dangereusement pour la voir entrer chez Nulf Alder. Une demi-heure plus tard environ, alors qu'il était allongé sur sa paillasse, une douleur lancinante lui traversa la tête, il sentit au cœur comme un violent coup de poignard, et brusquement sa respiration s'arrêta.

« Mon Dieu, mon Dieu, qu'est-ce que c'est ? » Cette question tourbillonnait dans son petit cerveau. « Qu'est-ce que c'est ? » Son cœur battait la chamade. « Qu'est-ce que c'est, qu'est-ce que c'est ? » cria-t-il du fond de sa gorge, en riant et pleurant à la fois ; puis, effrayé, il se leva d'un bond, secoua la porte verrouillée de sa chambre et tambourina de ses deux petits poings contre le bois d'un brun fané. Et Elias enfonça la vitre d'un coup de tête et cria en direction de la forêt derrière laquelle courait l'Emmer : « N'arrête pas ! N'arrête pas ! »

Virginia Alder, la Nulf, avait donné une fille à son époux. C'était une enfant parfaitement saine de corps et d'âme. On devait la baptiser du nom d'Elsbeth. De ce jour, il y eut sur l'autel de la Vierge un somptueux bouquet de fleurs des champs. On ne se souvient pas d'avoir jamais vu se faner ce bouquet.

Et Elias sanglotait de joie. Il jubilait. Il jubilait dans son corps et dans son âme. Car il percevait un étrange battement, et le son de ce battement lui donnait l'impression de voir le paradis.

« N'arrête pas ! » gémissait l'enfant en direction de la lisière au-dessous de lui, de la lisière derrière laquelle il avait entendu ce son pour la première fois.

C'étaient les battements du cœur d'Elsbeth. C'était la résonance de l'amour.

La voix, les animaux et l'orgue

Dix ans de vie et c'était un homme. Son cheveu se raréfiait, les coins de son front étaient dévorés par une calvitie naissante. Comme il voulait ressembler à tous les enfants de son âge, il brûlait à la flamme d'une chandelle les piquants de sa barbe, croyant qu'elle ne repousserait plus. La puissance de ce qu'il avait vécu dans le lit de l'Emmer avait bouleversé sa croissance. Il avait l'aspect et la voix d'un homme fait, mais la taille d'un enfant de dix ans. Il voulait être enfant, pouvoir parler comme un enfant. Sur les prodiges de son apparence extérieure, il lui était venu aux oreilles des choses que l'entendement ne pouvait comprendre. Si Elias garda sa pureté au milieu de toute la boue de suppositions, de mensonges et de calomnies dont le village était plein, cela n'était dû qu'à la conformation de son propre cœur. Ce cœur était bon. Il eut la force d'espérer.

Mais l'étrangeté, lorsqu'on la voit tous les jours, devient quotidienne, et l'on ne tarda pas à s'accoutumer à la vue de cet homme-enfant. Dans la salle de classe, on ne prêtait guère attention au fait que, parmi les hydrocéphales, les visages ravagés par la petite vérole, les mongoliens et les produits d'incestes, il y eût un être souffreteux dont les yeux jetaient une lueur jaune. C'est à cette époque que le maître d'école Oscar Alder remarqua combien les enfants de Seff étaient devenus maigres et misérables. Leurs petits visages étaient émaciés, le menton pointait exagérément, des cernes bleu-noir s'étaient formés au-dessous des yeux. Car il y avait des éternités que la Seff ne leur donnait plus que sa bouillie de semoule, aqueuse et préparée sans amour. Aussi Oscar Alder mit-il les garçons en pension ailleurs. Quand ensuite la Seff fut revenue à de meilleurs sentiments, ses fils prospérèrent eux aussi.

Et il advint que plusieurs femmes commencèrent à regarder Elias avec les yeux de la concupiscence ; elles ne louchaient plus vers ses yeux jaunes, mais vers l'endroit où se trouvait son sexe, développé outre mesure. Elias ne comprenait pas le sens de leurs paroles sans retenue, le battement martelé de leur cœur entre leurs seins. Il s'efforça d'éviter désormais ces femmes. Il y en avait spécialement une qui cherchait à séduire le petit homme. Elle s'appelait Burga et habitait seule, son promis avait succombé dans une escarmouche avec les Français. Burga aimait la vie et les gens, aussi en avait-on fait la prostituée du village. Elle avait mauvaise réputation parce qu'elle n'allait pas à l'office du dimanche. Burga y serait allée bien volontiers si elle n'avait dû s'agenouiller au premier banc, le banc des célibataires. C'était un banc qui servait de pilori, séparé des autres bancs des femmes, une simple planche sans dossier. Là devaient s'agenouiller toutes les filles et femmes qui avaient mis au monde un enfant naturel. Mais Burga était une avorteuse, tout le village le savait.

À cette époque, Elias décida de ne plus dire un mot en public. L'effroyable événement de la Trinité le poursuivait jusque dans ses rêves les plus profonds. Il se mit à se haïr lui-même et à haïr sa voix de basse. Mais lorsqu'il était obligé de parler, à l'école, au catéchisme, il parlait d'une voix sans timbre, il chuchotait, soufflait ses paroles comme s'il eût été constamment enroué. Cela le fatiguait tellement qu'il finit par en avoir des migraines. Il n'en fut que plus laconique.

Dans sa détresse, il descendit un jour jusqu'à l'Emmer, où il savait qu'aucune oreille ne pouvait l'entendre. De même qu'elle avait poli sa roche préférée, l'eau polissait à présent sa voix. Il commença par expulser en criant de toutes ses forces tout ce qu'il y avait à expulser. Il cria jusqu'au bord de l'épuisement, croyant que par ce moyen cette tonalité de basse quitterait sa voix, et qu'il ne resterait qu'un clair soprano d'enfant. Elias se trompait, car le seul résultat en fut une voix cassée. Alors il fondit en larmes, laissa pendre ses jambes inertes dans l'eau et son regard vide errer, au-dessus, sur la cascade, s'enfoncer dans le vacarme de cette fontaine blanche, dans la chute inépuisable du torrent de montagne.

Un soir de juin, l'avant-veille de son onzième anniversaire, il était une fois encore assis sur son rocher et fixait les yeux sur la cascade quand la lumière se fit soudain dans son esprit. Il découvrit que l'eau coule toujours de haut en bas, qu'une pierre tombe vers le bas et non vers le haut, comme d'ailleurs les gouttes de pluie, et que même les fleurs des champs finissent elles aussi par se coucher à terre. Il avait découvert la loi de la gravité. Il essaya donc de faire entrer sa voix dans cet ordre des choses, la fit glisser alternativement du haut vers le bas et de la poitrine à la tête. Au bout de quelques heures, il était capable de parler avec une voix de fausset.

C'est alors que se produisit quelque chose de singulier : il était en train de pousser cette voix jusqu'aux registres les plus élevés quand un jeune renard sortit du fourré, le regarda insolemment dans les yeux, leva le museau, fit un bond et vint se planter juste à ses pieds. Elias sursauta vivement, le renardeau fit de même, et Elias vit disparaître dans le taillis le panache brun-rouge. Puis celui-ci revint, mais resta à distance, comme s'il se fût senti blessé. Un frôlement de vie anima les failles humides et sombres de la roche à côté de la cascade. Des chauves-souris s'étaient réveillées avant l'heure, piquaient de-ci, de-là et ne s'y retrouvaient plus. Quand soudain l'une d'elle fonça vers l'épaule d'Elias, s'écrasa sur la pierre où ne resta collée qu'une tache grise et sanglante, il commença à être gagné par la peur. Au même instant, les chiens d'Eschberg se mirent à aboyer, et leur clabaudage polyphonique était sans fin. Deux salamandres ne tardèrent pas à venir sur la roche en imaginant que le soleil s'était levé.

Elias — nous ne voyons pas d'autre explication — avait atteint les fréquences auditives des animaux, il avait chanté dans les ultrasons des chauves-souris, sifflé dans les fréquences des renards et des chiens. Sans le savoir, il avait parlé aux animaux.

En ces jours, Oscar Alder remarqua un changement chez le petit homme. Il ne se tenait plus tranquille sur son banc, ne cessait d'y frotter ses fonds de culotte, et il lui arriva même de briser son ardoise en deux. Quand le maître lui demandait de répondre à une question parce que personne d'autre n'avait su le faire, le garçon était totalement absent. Le maître en fut étonné, car aucune question n'avait jamais embarrassé Elias. Oscar s'était souvent émerveillé de la mémoire de l'enfant, et il en allait de même pour Beuerlein, le curé au long nez. L'enfant était si fort au catéchisme, il savait si parfaitement les noms et les histoires des deux Testaments que le curé était obligé de rassembler toute son attention pour être à même de suivre le débit de cette pensée. Après le catéchisme, on voyait souvent le curé se plonger dans la Bible pour aller y rechercher tel ou tel passage. Il aurait aimé envoyer Elias à la Congrégation des jeunes gens, à Feldberg, mais la volonté du père fit échouer ce projet. On pouvait traire et épandre du fumier sans avoir fait d'études, dit Seff. En quoi, hélas ! il avait raison.

Le jeune garçon était méconnaissable. Comme il devenait de plus en plus turbulent pendant la classe, Oscar Alder se vit un jour dans l'obligation de saisir sa baguette de noisetier et d'en appliquer dix coups brûlants sur les doigts de son élève favori. Oscar Alder n'était pourtant pas un maître sévère. La baguette sifflait rarement. Toutefois, il avait un jour si bien arrangé un enfant Lamparter que celui-ci en garda des traces définitives. L'enfant l'avait traité sans y voir malice de « couille de taureau » : sur-le-champ, Oscar Alder l'avait jeté par terre à coups de pied et l'avait rossé jusqu'à ce qu'il ne fût plus qu'une petite boule muette et sanglante. Les élèves avaient ensuite ramassé les cheveux sur le plancher et ils mirent fièrement ces trophées dans un petit flacon de terre. Il suffisait maintenant que le maître, lui demandant une réponse, regardât le Lamparter pour que celui-ci se mît à bégayer, et ce bégaiement lui resta jusqu'à la fin de ses jours. Et pourtant, Oscar Alder n'était pas un maître sévère. Mais Elias, lui, ne se laissait pas intimider, et il manifestait cette obstination des gens d'Eschberg qui, quand ils se sont enferrés, s'enferrent encore davantage.

Elias descendait tous les jours jusqu'au rocher poli et polissait infatigablement le son de sa voix. Il expulsait en criant ce qu'il y avait à expulser, mettait à l'épreuve son registre de fausset, chantait en contre-ténor, produisait des sons et des cris qui faisaient un effet non seulement étrange, mais même inquiétant. Il découvrit en ces temps-là son talent extraordinaire à imiter la voix des autres, ce que montrera l'épisode suivant.

À la Fête-Dieu de l'année 1815, une hystérie religieuse s'empara du village, et, au premier chef, de la maison de l'aveugle Haintz Lamparter. Il se trouva que l'aveugle, à proximité de la lisière de la forêt, où passait la limite entre la propriété de Seff et la sienne, planta des piquets pour enclore un nouveau pâturage. Mais, va-t-on se demander, comment un aveugle peut-il bien dresser une clôture sans une aide étrangère ?

L'idée en était venue à la Haintz, dit-elle à son mari, alors qu'un jour de pluie, sans penser à rien, elle regardait son propre petit lopin et, de l'autre côté, les vastes pacages de Seff Alder. Les clôtures devraient bien pouvoir bouger, s'était-elle dit en rêvant à mi-voix.

Le lendemain, on vit Haintz planter à l'aveuglette ses piquets sur la propriété du voisin. La Haintz se tenait non loin de là, mais elle se cachait. Parlant avec d'infinies précautions, elle dirigea l'aveugle de manière à le faire pénétrer sur les pâtures des Alder. Seff découvrit le subterfuge et ne dit rien. Patiemment, il arracha la barrière aux sinuosités insensées, et Haintz la remit en place le lendemain matin avec tout autant de patience. La Haintz croyait ainsi pouvoir extorquer de la terre à son voisin, et le conflit dura un temps considérable.

Par un soir tiède, l'aveugle avait à nouveau entrepris de voler de la terre à son voisin. Soudain, il entendit une voix étrangement inquiétante, inouïe. La masse en bois lui en glissa des mains, et sa bouche aux grosses lèvres en resta bée. Il tomba à genoux, et ses paupières depuis longtemps sillées laissèrent échapper, sans qu'il le voulût, une larme. Comment, trembla-t-il, les anges lui avaient parlé ? À lui, qui n'était qu'un mendiant à la face du Seigneur ?

« Pourquoi pèches-tu encore contre ton voisin ? Moi, le prophète Elie, je t'ordonne de te repentir ! »

En entendant ces paroles, prononcées dans un grondement de tonnerre céleste, Haintz se redressa d'un bond en criant d'allégresse, enfonça ses doigts dans le sol et se barbouilla le visage de terre. « Mon âme est noire, seigneur prophète ! Laisse-moi au moins la vie sauve ! C'est ma femme qui m'a induit en tentation ! » sanglotait Haintz d'une manière si pitoyable que notre galopin prit peur lui-même et fila à pas de loup.

Comme le curé l'avait mise à la porte en lui prodiguant de bonnes paroles, la Haintz résolut de faire connaître l'événement, par une petite lettre, à ces messieurs de Rome. Car elle ne doutait pas un seul instant de la véracité du témoignage de son mari, dont le visage était couvert de larmes et à qui était apparu le prophète Elie avec ses chevaux et son char de feu. Elle se fit montrer par l'aveugle l'endroit où s'était produit le miracle, et, alors que Haintz avançait, à tâtons, de plus en plus profondément sur les terres de Seff, elle le conduisit d'une main infiniment précautionneuse vers le lieu le plus vraisemblable de l'apparition, à savoir au beau milieu de leur propre petit champ de pommes de terre. Elle entreprit alors d'installer elle-même la clôture, et l'on entendit le double écho de la masse de bois jusque bien après minuit.

Las de requêtes acharnées, le curé finit par accepter de venir donner sa bénédiction au petit champ. Cela provoqua quelque agitation dans le village, car certains ne comprenaient pas pourquoi cette révélation-là devait être tenue pour valide, alors qu'on disqualifiait comme vaines imaginations les miracles, les apparitions, les visions qui avaient eu lieu dans leur propre champ, leur propre forêt ou leur propre chambre. Mais la Haintz caressait des projets bien plus ambitieux. Chez l'ébéniste d'Eschberg, que l'on appelait Bonne-Part, elle commanda quatorze stations de chemin de croix ainsi que les quatorze troncs correspondants, qu'elle envisageait de placer tout au long du sentier conduisant au Champ d'Elie. Ainsi le pèlerin plein de foi, de station en station, se serait-il pénétré non seulement des souffrances du Christ, mais aussi de l'amère pauvreté de l'aveugle visionnaire. Cependant, n'étant point sotte, la Haintz savait bien que ne croit que celui qui voit. Aussi érigea-t-elle dans le champ une petite cabane de planches pour abriter du vent et de la pluie, et où le voyant se tiendrait les mains jointes, levant vers le ciel un visage ébahi.

Les choses n'en vinrent pas là. Ces messieurs de Rome ne firent aucune réponse à la petite lettre. Bonne-Part présenta la note des stations de chemin de croix, troncs compris, et c'est ainsi que le bedeau et sa femme durent se séparer d'une vache et d'un bœuf. À compter de ce jour, il se passa quelque temps où l'on ne vit plus la Haintz, même à l'office. Il y avait, répandit-elle, tant de travail à la ferme, par le saint prophète Elie, et les vaches qui vêlaient l'une après l'autre !

Quand, au fil d'inlassables exercices, Elias eut trouvé une voix dont la tonalité ne pouvait que réchauffer le cœur de tout un chacun, le curé Beuerlein voulut faire de lui le lecteur dominical de l'Épître. Mais notre héros ne put satisfaire longtemps à cette mission car l'étrange chaleur de sa parole perturbait les femmes d'Eschberg au point de leur faire perdre tout recueillement. Dès que l'homme-enfant commençait sa lecture, un mouvement parcourait le côté de l'Évangile. Les bancs grinçaient et crissaient, les robes du dimanche froufroutaient, les corsets craquaient, on rectifiait des coiffures, des doits nerveux feuilletaient les missels, les chaussures glissaient des repose-genoux à grand fracas, et lorsque, le dimanche des morts, une antique Lamparter tomba morte de son banc, le curé Beuerlein finit par soupçonner lui-même que la voix d'Elias, loin d'augmenter l'ardeur de la prière, lui portait préjudice. Quelques gaillards finirent même par machiner un mauvais coup pour défigurer cette bouche qui tournait la tête de leurs femmes. Dieu soit loué, il leur échappa, car la mauvaise langue Alder fit échouer les plans des jaloux. Mais il faut se mettre à la place de ces hommes, dont les femmes allaient chantant jour après jour les louanges de cette voix angélique. Il faut, vraiment, se mettre à leur place.

À quatorze ans, Elias quitta l'école, et nous sommes obligé de constater avec effroi qu'il avait déjà vécu plus de la moitié de sa vie.

C'est en vain que le lecteur attend comme nous un événement extérieur qui tirerait enfin le jeune homme de son village oublié du destin. Quelque savant voyageur, quelque musicien cultivé pourrait bien égarer ses pas à Eschberg, faire la rencontre d'Elias, l'entendre parler, chanter, et il s'exclamerait alors : « Voyez-vous ce garçon-là ! En voilà un qui fera parler de lui ! » Comme nous aimerions peindre notre héros disant adieu à la maison paternelle, qui ne le fut jamais vraiment ; s'entretenant une dernière fois avec les animaux de l'Emmer, Resi la biche, Wunibald le blaireau, Lips le renardeau roux, Sebald le putois et le bouvreuil à la patte levée ; partant pour Feldberg et mettant par sa prodigieuse basse l'Institut de musique sens dessus dessous ; apprenant la composition et, à l'orgue, dépassant bientôt non seulement les élèves, mais le maître ! Comme nous aimerions décrire au lecteur son premier quatuor à cordes — à supposer qu'il en eût écrit un —, une fugue pour chœur rapidement jetée sur le papier, un mouvement de sonate fragmentaire, mais à l'idée grandiose ! Et d'un cœur enflammé, nous cocherions l'un après l'autre dans l'*Alder-Werke-Verzeichnis* des numéros d'opus qui porteraient notre enthousiasme de sommet en sommet.

Eschberg ne vit jamais de musicien cultivé. Et quand enfin il en vint un, c'était la jalousie en personne.

Mais revenons à l'homme-enfant dont la voix, lorsqu'il lit l'Épître du dimanche, plonge les uns dans le ravissement et les autres dans la fureur. Un dimanche, il se produisit dans la petite église un affreux accident, qu'il est cependant impossible de mettre en relation avec la voix d'Elias. Quand bien même cela paraîtrait irrespectueux, ce fut cet accident qui ouvrit à Elias la porte de la musique, en lui ouvrant celle qui permettait d'accéder à la tribune de l'orgue.

Celui qui actionnait le soufflet, Warmund Lamparter, qui n'était pas très enclin au travail et buvait à ne même plus voir l'obscurité, avait fait son apparition sur la tribune, ce dimanche-là, avec un visage du plus beau pourpre. Oscar Alder songea à le renvoyer chez lui sur-le-champ, mais craignit que le gueux ne pût sans dommage descendre le raide escalier de bois. Du reste, le Lamparter ne voulut point manquer à son devoir dominical, qui était d'actionner le soufflet. Pour mettre fin à l'interminable homélie du curé, le Lamparter se mit à bénir les fidèles depuis la balustrade. C'est au moment où une face au sourire insolent attrapa par la manche l'ivrogne — qui put néanmoins se dégager et chanter en bégayant l'*Ite missa est* — que l'accident se produisit. Warmund Lamparter passa par-dessus la balustrade et alla s'écraser sur les dalles de pierre, où son corps fut broyé. La grâce d'une mort immédiate ne lui fut pas accordée, car son âme dut attendre neuf jours, neuf jours de cris épouvantables, avant que le Dieu de miséricorde ne lui consentît la paix éternelle. Sur la dalle contre laquelle son corps massif s'était brisé, le curé Beuerlein fit graver, en guise d'avertissement, l'inscription suivante :

DÉMONS LE PRÉCIPITÈRENT
ET LE VIN LE MIT EN BIÈRE
R.I.P.

Cette épitaphe était l'œuvre de Michel-le-Charbonnier, l'un des frères du disparu. L'affreuse mort de Warmund dut laisser une très vive empreinte dans la vie de Michel, car, de ce jour, il ne leva plus le petit doigt. À sa femme éberluée, il annonça d'une voix douce qu'il avait eu, à la charbonnière, une vision. Un merle lui avait parlé et lui avait enjoint de ne plus exercer les métiers du vulgaire, mais de suivre sa vocation de poète religieux. Quand elle se fut ressaisie, sa femme mit le poing dans le visage transfiguré du visionnaire. Mais il n'en tira aucun enseignement et se fit tout de même poète religieux. Quelques voisins charitables, grâce à Dieu, lui donnaient de temps en temps un pain rassis, un morceau de beurre rance, un peu de lait tourné, car son labeur de poète religieux ne l'eût sans doute pas empêché de mourir de faim.

Lors de l'Avent de 1815, Elias devint le souffleur de l'orgue à cinq registres d'Eschberg. Cette activité n'était évidemment qu'un prétexte pour voir et expérimenter de près le mystérieux instrument. Personne n'avait de l'orgue une connaissance aussi précise qu'Elias. Enfant déjà, quand il était encore condamné au dernier banc, il avait étudié les cinq registres. Son oreille avait remarqué que certains tuyaux rendaient le son du bois de hêtre, mais les autres de ce matériau qui était cloué à ses chaussures. Il avait observé que, lorsque les dimanches étaient chauds et lourds, la sonorité des registres était plus pleine, en tout cas plus profonde que, par exemple, en hiver, où elle était frêle et sèche. Il en tira le pressentiment que l'orgue avait quelque chose comme une âme, que le froid lui faisait mal, comme les hommes ont les doigts mordus par le gel. De sorte que les nuits où, même dans sa chambre, on avait les poils du nez givrés, il aurait aimé prendre la grande bâche à foin de son père pour en couvrir le buffet, les tuyaux restés sans protection. Que les registres fussent chroniquement désaccordés lui était particulièrement douloureux, même s'il n'était pas capable de le formuler ainsi. Toujours est-il qu'il alla voir son oncle et lui dit que l'orgue était malade, enroué en quelque sorte, que les tuyaux se battaient les uns contre les autres et ne voulaient pas s'entendre pour former un beau son. L'un était trop haut, l'autre trop bas. Il pouvait, dit-il, lui dénoncer ceux qui n'allaient pas du tout. C'était surtout le troisième en partant de la fin, dans le buffet de droite. L'été, il s'en souvenait très bien, ce tuyau s'était fêlé. Oscar Alder se mit à rire et secoua la tête. Qu'est-ce que ce gamin allait imaginer là ? Tout récemment encore il avait lui-même démonté l'instrument et l'avait accordé. Est-ce qu'un morveux comme lui prétendrait lui donner des leçons ?

Mais le maître ne put se défaire d'un vague sentiment. Le soir, après la traite, il monta jusqu'à l'orgue, ouvrit le buffet de droite et, de fait, trouva une fissure longue comme une lance sur la face avant du troisième tuyau de soubasse en partant de la fin. Puis il se dirigea vers le soufflet, le gonfla, se précipita vers la table et essaya, ton par ton, toutes les possibilités du registre des mixtures. Il n'entendait aucune dissonance. Mais cela relevait en fait de son mauvais vouloir, car ses oreilles la percevaient parfaitement.

L'oncle ne tarda pas à regretter d'avoir voulu faire d'Elias son souffleur, bien qu'il ne trouvât rien à redire à sa façon de s'acquitter de sa tâche. Le soufflet donnait un vent régulier, ce qu'on ne pouvait pas vraiment dire du temps de Warmund Lamparter. Combien de fois n'était-il pas arrivé qu'au beau milieu d'un passage où s'exprimait toute l'exacerbation du sentiment, le petit orgue eût lamentablement rendu son dernier soupir, gémissant et pleurant de ses dernières anches, pour la simple raison que Lamparter s'était endormi sur sa pédale ! Combien de fois ce sac à vin n'avait-il pas gâché la sublime conclusion de ses postludes en se contentant de tout planter là et de dire qu'on avait assez joué comme cela, et que continuer serait transgresser l'obligation sacrée du repos dominical ! Sur ce point, il faut, après coup, concéder à Warmund que son intuition était bonne, car les postludes d'Oscar Alder duraient souvent plus d'une heure, et cela dans l'intention, non dénuée d'arrogance, de retrouver enfin la tonalité fondamentale.

Elias, toutefois, le servait avec une patience infinie, disposait en bon ordre, dimanche après dimanche, les partitions sur la console, et, lors des postludes, tenait le vent jusqu'à ce que le maître d'école, perdant patience, s'interrompît à la moitié d'une cadence. Mais celui-ci n'était pas satisfait. Il sentait peser sur lui le regard sérieux et observateur du jeune garçon, qui plissait les yeux pour suivre les doigts noueux sur le manuel. Un jour, il le vit même plisser douloureusement le front pour la simple raison qu'étaient venues se mêler au *mi* majeur des notes qui n'y entraient normalement pas. Oscar sentait qu'aucune faute n'échappait à ce petit démon, même s'il ne s'agissait que d'un doigt ou d'un pied qui avait glissé pendant une fraction de seconde. Mais il ressentit un véritable malaise lorsque, un dimanche, il fut obligé de constater que le gamin était capable de chanter toutes les voix d'un choral, du soprano jusqu'à la basse. Pis encore : le souffleur corrigeait son jeu ! Il complétait d'une voix pleine la ligne cahoteuse des basses, reconstituait une phrase ratée de l'alto, ornait la mélodie du chant par des transitions et des coloratures audacieuses, criait un *si* bémol désespéré quand le maître d'école, une fois de plus, s'était fourvoyé dans un *si* naturel, expérimentait de superbes tenues de ténor et même, parfois, inventait des voix totalement nouvelles qu'il insérait dans un chant qu'Oscar était de toute façon incapable de saisir vraiment. Les lunettes de l'organiste se couvraient de buée, et il commençait à avoir peur. Les faces au sourire insolent qui troublaient autrefois, du temps, déjà, du curé Benzer, le recueillement des offices, devenaient tout à coup suaves et buvaient avec délices la mélodie angélique du souffleur. C'en était trop ! Le maître d'école n'éprouvait plus aucun plaisir à jouer de l'orgue, il perdit même toute l'estime qu'il pouvait avoir pour lui-même. Il n'était, hélas !, se disait-il, qu'un pauvre petit croque-notes devant l'Éternel, aux bien pauvres talents ; il aurait aimé pousser plus loin son étude de l'orgue, mais il avait, hélas !, une nombreuse famille à nourrir et devait au surplus faire l'école. C'était ainsi qu'il s'exprimait à l'Auberge du Chasseur, devant sa chope de bière. Et il s'humiliait ainsi jusqu'à ce qu'on lui fît relever la tête à force d'éloges. Qu'allait-il raconter là ! disait péremptoirement Nulf Alder pour le consoler. Il était le plus honorable des organistes que la terre créée par le Seigneur ait porté, *sicot erat et principus in nuc at semper*. En fait, Oscar Alder se considérait comme un musicien privilégié par la grâce divine, et lorsqu'il entendait ces rodomontades de Nulf Alder, le rose de l'ambition lui revenait aux joues.

Le deuxième dimanche de l'Avent, Elias demanda à son oncle de lui apprendre à jouer. Oscar lui prodigua des bonnes paroles en lui disant que cela se ferait plus tard ; mais il était bien résolu, en secret, à ne pas apprendre la moindre note au garnement. Lui seul était l'organiste d'Eschberg. Les choses étaient ainsi et resteraient ainsi.

Elles ne le restèrent pas. Nous songeons au jour de Pâques de l'an 1820, et notre cœur bondit de joie. Ce jour-là, Elias donnera un prélude d'une puissance dont le petit monde d'Eschberg n'avait pas idée. Nous avons du mal à calmer notre cœur en lui enjoignant de poursuivre tranquillement la chronique de cette vie. Nous avons bien du mal.

Le maître d'école estima par ailleurs qu'il serait judicieux, dorénavant, de verrouiller la porte de la tribune. Il trouvait pour la clef des cachettes toujours différentes. Et comme, dans un effroyable cauchemar, il avait vu, à sa propre place, un petit bonhomme assis à l'orgue, il mit la clef à des endroits encore plus inconcevables. Qui irait chercher une clef dans la tête creuse de la statue de saint Eusèbe, ou au fond du bénitier, dans l'ourlet de la bannière de Jésus, entre les pages d'un missel ? Ou dans le calice, ce qui fit naître chez l'aimable curé, toujours plus étourdi cependant, de sérieux doutes sur le mystère de la transsubstantiation. Mais rien n'échappait à Elias. Où que la clef tombât, plongeât, glissât, se faufilât — il la trouvait.

Quatre jours avant Noël, Elias monta furtivement, la nuit, à la tribune. Il trouva la clef au milieu des os de saint Wolfgang, dans le reliquaire qui était placé sous le maître-autel. Des perles de sueur scintillaient sur le front d'Elias, et il sentit les battements de son cœur jusque dans sa gorge lorsque le bedeau vint fermer les portes de l'église. Haintz chercha patiemment, à tâtons, le trou de la serrure, esquissa une génuflexion, expédia un semblant de *Je vous salue*, et Elias était libre, enfermé dans l'église, seul avec lui-même et avec l'orgue. Il l'avait devant lui, le mystérieux petit instrument. Elias ouvrit la console, alluma un cierge, le fixa avec la cire chaude et fit un signe de croix. Soudain, des larmes lui montèrent aux yeux : lui-même ne savait ni comment ni pourquoi. Nous ne chercherons pas non plus à le savoir. Nous laisserons notre musicien seul, nous attendrons que son cœur s'apaise et que lui-même attaque les premières notes de sa vie.

Dehors souffle le fœhn, qui hurle dans le sommet des arbres, danse comme un enfant en balayant les prairies, brise de petits rameaux, une branche pourrie, soulève les feuilles sèches et les amasse devant la porte des maisons. En cet Avent, rien ne fait penser à Noël. Les enfants sont privés de neige, l'herbe des prés est sèche, l'Emmer n'est plus qu'une rigole. Et, chose étrange, les saules, ici et là, ont déjà des chatons.

Et, à la fenêtre, l'ombre de Peter. Il entend la rumeur, voit se balancer le sommet des sapins. Puis il regarde l'enflure de son petit bras et serre les dents pour résister à l'affreuse douleur. Puis il regarde le grand halo qui borde la lune. Peter fomente un plan. Son père lui a cassé le bras parce qu'il avait volé de la réglisse et du sucre d'orge. Peter se dirige vers la lanterne, étale ses mains au-dessus de la cheminée. Et pourtant, il n'a pas froid. Il fomente un plan. Il veut abattre son père. Il faut que son père crève. Et Peter regarde à nouveau l'enflure de son bras, se mord les lèvres d'où il arrache quelques lambeaux de peau, et imagine la façon dont son père va mourir.

Elias étira le soufflet, bondit à la console, chercha le principal de huit pieds, ajouta un bourdon, son index passa précautionneusement d'une touche à l'autre jusqu'à ce qu'il eût trouvé sa note favorite, le *fa* inférieur. La pulpe de ses doigts épousait les creux de l'ivoire usé par l'âge et le toucher. Par endroits, le bois affleurait déjà. Il tint son *fa* jusqu'à ce qu'il se fût évanoui dans un frêle soupir. Puis il étira à nouveau le soufflet et assembla des notes en une mélodie. Elias composait pour la première fois.

L'inspiration grandissait, et sa tête brûlante, la nuit durant, refusa de se refroidir. Ses doigts ne tardèrent pas à trouver le *fa* majeur que l'oreille entendait déjà depuis longtemps. Elias cherchait la mélodie d'un chant de Noël, en fredonnait les phrases, tâtonnait pour repérer les touches convenables, faisait des essais et ne se lassait pas d'aller étirer le soufflet. Quand il fut capable de jouer cette mélodie, le caprice lui vint de l'améliorer. Il aplanit ce qui lui semblait cahoteux, donna plénitude et richesse à ce qui lui paraissait pauvre, et lorsque la bougie eut fini de brûler, il avait conçu une mélodie qui brillait aussi mystérieusement que la lumière des cierges dans le calice d'or du curé. Bientôt, les touches lui obéirent comme d'elles-mêmes.

Alors brilla soudain à ses yeux une image d'été. Un jour qu'il rêvait, allongé dans l'herbe, il observait les évolutions de deux citrins qui pirouettaient joyeusement de-ci, de-là. C'est ainsi qu'il commença à ajouter une nouvelle mélodie à l'ancienne. Mais il fallait que les lignes se suivissent, comme les trajectoires des deux papillons. Il fit d'abord voleter la voix de la main droite. Puis la gauche arriva. Quand la droite montait, la gauche plongeait capricieusement, et malgré ce, les deux voix suivaient une trajectoire harmonieuse. Elias composait des miniatures à deux voix. Des miniatures, parce que l'air s'épuisait très vite et qu'il fallait sans cesse étirer le soufflet. Elias, pour le dire en termes académiques, avait découvert la loi de l'imitation. Si quelqu'un le lui avait dit, il se serait tu aussitôt, croyant avoir fait là quelque chose de mal.

C'est ainsi qu'il passa toute la nuit à l'orgue. Aux lueurs de l'aube, une insatisfaction le prit. Même si ces préludes le comblaient, ses oreilles avaient du son parfait une nostalgie qui ne s'apaisait pas. Il savait que cela était dû à l'instrument. Celui-ci était malade. Elias quitta le siège, prit le reste de bougie et inspecta l'instrument, examina les tuyaux qui étaient faits du même matériau que le dessus de ses sabots, ouvrit un autre buffet, regarda à l'intérieur, toucha les tuyaux de bois l'un après l'autre, finit par ramper pour se glisser dans le bâti et vérifia le son de chaque bois. La dissonance qu'il remarquait à présent était plus grande encore. Il fallait soigner cet orgue, et Elias résolut de faire en sorte qu'il ne tardât pas à guérir. Il n'aurait pas de repos, se dit-il à mi-voix, que l'orgue n'eût recouvré son âme.

Quand l'horloge du clocher sonna son huitième coup, le sacristain ouvrit les portes pour l'office de *Rorate*. Elias avait déjà effacé toutes les traces de son activité nocturne, gratté soigneusement sur la console les résidus de cire, fermé l'orgue, verrouillé la porte de la tribune et rendu la clef à saint Wolfgang. Puis il se faufila jusque chez lui.

À l'étable, Seff fut stupéfait de voir que le gamin avait

déjà trait toutes les vaches, répandu de la paille propre, et même écrémé le lait. Seff lui adressa un « Loué soit Jésus-Christ » ensommeillé, et Elias répondit d'un fier « Pour l'éternité, amen. » Puis il demanda comment allait sa mère, car la Seff — malgré le peu d'amour que se portaient les époux Alder — attendait encore un heureux événement, et le jour de ses troisièmes couches n'était plus très loin. Seff hocha la tête, et tous deux prièrent en même temps le Seigneur de leur accorder un enfant sain de corps et d'âme. Seff et le garçon avaient de l'affection l'un pour l'autre, cela ne fait pas de doute. Et Elias aurait aimé, de joie, sauter au cou de son père, sentir l'odeur de ses cheveux comme il la sentait autrefois, enfant, dans les nuits difficiles, sur le vieux chapeau réservé à l'étable. Cela ne fait pas de doute non plus.

Le jour est si plein de joies

Dans le village, le fœhn hurle, danse comme Satan, plie des pommiers, brise le verre des fenêtres, effeuille les bardeaux des toits, remue le foin et soulève la poussière, claque furieusement les volets. Aux alentours de midi, il renverse la charrette de sel d'un Lamparter sans oublier les deux bœufs, et le Lamparter est obligé de les abattre, car ils ont les pattes fichues. Deux jours avant la Nativité, rien ne rappelle Noël. Cela sent la pluie, mais déjà le ciel redevient bleu. Le fœhn ne cesse pas de bouleverser les nuages. Les pâturages sont desséchés, l'Emmer est une petite rigole. Les animaux de la forêt ont soif. Et, c'est étrange : çà et là, les saules ont déjà des chatons.

Le 24 décembre 1815, la tempête de fœhn semble vouloir décliner. Le vent tourne au nord, les bourrasques se calment. Parfois, une rafale fait vibrer dans les étables et les fermes l'entrelacs des charpentes. Il fait sec et tiède. On sort sans vareuse, en bras de chemise. Ces jours-là, ces nuits-là, personne, à Eschberg, n'ose allumer un feu, même pas une chandelle pour la prière. Chacun sait — les enfants le tiennent des récits menaçants des anciens et le lisent dans leurs yeux soudain terrifiés — les ravages qu'une flamme libre est capable de provoquer par temps de fœhn. Au début de la soirée de Noël, un Lamparter va de ferme en ferme afin d'interdire à tout un chacun, par la force si besoin est, d'allumer les bougies du sapin. Se glissant partout, il lorgne dans les salles et les étables, et il n'y perçoit pas la plus pâle lueur. Il lève le nez vers le faîte des toits et n'y flaire même pas le relent d'une fumée froide. Puis il marche d'un pas plus tranquille, met ses habits du dimanche et se prépare pour la messe de minuit.

Et au sommet de la gorge que l'on nomme le Rocher-de-Saint-Pierre, dans le clair-obscur poussiéreux, la silhouette de Peter Alder. Il y est tapi depuis Dieu sait combien de temps, tapi comme un crapeau, les yeux fascinés par le briquet d'amadou, et sa main tripote son bras démis. À côté de lui ronronne le chat roux, animal favori de sa sœur Elsbeth. Peter le prend toujours avec lui quand il a du chagrin. Il regarde à nouveau l'enflure de son petit bras et ravale sa douleur. Non, jamais il ne capitulera, même si sa bouche se desséchait complètement de faim. N'a-t-il pas déjà passé cinq nuits et plus dans des fossés humides, sans rien dans l'estomac ? Non, il n'implorera pas le pardon de son père, ne tombera pas à genoux pour regretter le vol, dût-ce lui coûter la sainte messe. Son plan est irrévocable. C'est aujourd'hui qu'il abattra son père. C'est cette nuit qu'il crèvera. Peter regarde son bras enflé, se mord les lèvres en arrachant quelques lambeaux de peau, et imagine la façon dont son père va mourir. Alors la douleur l'accable. Pourquoi est-il seul à porter cette souffrance ? Et il prend la pierre, saisit la patte du chat et la lui brise. Il écoute le cri de l'animal. Il est ému, et il lui brise la deuxième patte.

La messe de minuit d'Eschberg a toujours été un émouvant témoignage de la façon dont les paysans ressentent la Noël. Cela se savait à la ronde, par tout le pays. Nulle part ailleurs la grande célébration de la naissance de notre Seigneur n'était vécue avec tant de profondeur et de vie. Aussi un grand nombre de curieux montait-il tous les ans de la vallée du Rhin, et la petite église était pleine à craquer deux heures déjà avant le début de la messe. On se bousculait, on se heurtait pour entrer dans les bancs, on étirait le cou pour regarder impatiemment vers l'abside, la nef ressemblait à un essaim de guêpes. Nulf Alder arriva en retard, joua des poings pour traverser la foule, et il s'ensuivit un brouhaha. Il refusa de se calmer tant qu'il ne fut pas parvenu, à force de cogner, à sa place habituelle. Tous ceux qui étaient valides étaient là. On voyait rassemblé presque tout le village, les nez brillaient, les cous étaient rouges de propreté, les cols fraîchement empesés, on entendait le friselis aérien des jupes et les cheveux étaient rassemblés en tresses orgueilleuses. Même au « banc des célibataires », les genoux se touchaient, et — c'est à peine croyable — Burga sentait l'eau de rose.

La messe s'ouvrait par une adoration des bergers. Les vers en étaient dus à la plume de Michel-le-Charbonnier, et l'on notera en passant que depuis qu'il avait répondu à sa vocation de poète religieux, la faim l'avait complètement décharné.

Le poème était scéniquement représenté par les écoliers du village. Le rôle de Marie devait chaque fois être tenu par une femme qui, à l'époque concernée, en était à la fin de sa grossesse, ce qui explique du reste la grande affluence des gens de la vallée du Rhin. Cette coutume, étonnante à nos yeux, datait du curé Benzer, et l'on dit qu'une femme accoucha un jour, en effet, au beau milieu de l'adoration des bergers. C'est que les femmes d'Eschberg en espéraient pour leur rejeton à venir des grâces incommensurables, et certaines allaient même jusqu'à fixer le jour de la conception en fonction de ce 24 décembre. Nous épargnerions au lecteur ce détail de mauvais goût si ce n'eût été justement la Seff qui, ce jour-là, était couchée dans la paille. Il faut préciser à son crédit qu'elle s'était refusée longtemps à cette exposition de son ventre. C'était une fois de plus sa meilleure amie, la Haintz, qui avait conseillé à la future parturiente de ne pas se soustraire à cette bénédiction exceptionnelle. Par Elie le saint prophète ! Qui pourrait garantir que l'enfant serait sain de corps et d'âme ?

Il en alla tout autrement, et peut-être l'air saturé de l'église, lourd d'encens, disait-il déjà qu'il en irait ainsi. De temps à autre, des enfants à la poitrine étroite tombaient évanouis sous les bancs, le « mal du fœhn » s'en prenait à tout le monde, et, depuis des jours, les vieux se plaignaient de migraines diaboliques. Cela ne sentait pas la Noël. Le curé Fridolin Beuerlein, lui non plus, n'avait pas bien dormi les nuits précédentes. Or, quand il n'avait pas bien dormi, l'esprit du Seigneur l'abandonnait et la sénilité se déchaînait en lui. Dans la sacristie déjà, il demanda au sacristain, avec force circonlocutions, quelle liturgie il fallait suivre ce jour-là, celle de Pâques ou celle de Noël. On ne parvint point à s'entendre, de sorte qu'au beau milieu de l'adoration des bergers, le curé surgit de la sacristie et entonna l'*Alléluia* pascal. Grâce à Dieu, un servant à l'esprit éveillé tira le curé par la chasuble et lui chuchota vivement qu'on était bien le soir de Noël. Mais tout n'en partit pas moins à vau-l'eau. Le curé fit interrompre l'adoration des bergers, entonna le *Gloria* dans un vibrato solennel, mais Oscar Alder se précipita alors sur son clavier pour masquer cette catastrophe aux visiteurs de la vallée du Rhin. Quand cependant le curé reprit le *Gloria* et le reprit même une troisième fois — il oubliait au fur et à mesure tout ce qui venait de se passer —, l'organiste tira tous les registres et préluda sur la mélodie de ce chant de Noël que notre Elias avait nuitamment enrichie avec tant d'art. Au milieu de la nervosité générale, Oscar Alder ne parvint pas à retrouver la tonique, mais les paysans comprirent où il voulait en venir, élevèrent la voix et chantèrent les louanges de cette nuit miraculeuse.

Quel spectacle ! Tandis que les voix devenaient plus pleines, les yeux prenaient l'éclat de la Nativité. Le sang bouillonnait et montait dans ces crânes allongés. Partout l'antienne montait d'épaisses lèvres, les mains grossières devenaient moites et douces comme un velours précieux.

Ce jour est si plein de joie
Pour les créatures
Le fils de Dieu, du ciel le roi
Et de la nature,
D'une vierge est né pour moi

Un cri glacial déchira le cantique. On crut que c'était

une femme, mais ce cri sortait de la gorge du souffleur Elias Alder. « Ça brûle ! » Les os et la moelle en tremblaient. Le levier du soufflet retomba sur son appui dans un bruit de tonnerre, à la balustrade apparut le visage d'Elias, gris comme cendre, et sa bouche laissa exploser dans la voix de verre de son enfance : « Elsbeth, Elsbeth brûle ! » Il savait que la rougeole maintenait la petite fille dans son lit.

Tous virent alors le reflet du premier incendie. Les couleurs des vitraux du chœur, à l'est, se mirent à flamboyer. L'ange du feu traversa le village et enjoignit au fœhn, qui s'était enfin tu, de ressusciter au plus vite, d'emboucher sa corne et de gonfler ses joues pour souffler dans les fentes de cette aire à battre où l'enfant humilié avait enflammé le foin. Et l'ange commanda au fœhn de faire rage jusqu'à ce que fût dévasté tout le flanc nord du village, que fussent consumés le dernier épi de maïs et l'herbe du pâturage le plus haut. Car il cherchait à faire comprendre aux habitants d'Eschberg que Dieu n'avait jamais voulu de la présence des hommes en cet endroit.

Les battants de la porte à douze gonds refusèrent longtemps de s'ouvrir. Les corps des fidèles qui hurlaient, se pressaient, s'inséraient les uns dans les autres, la force brute poussait sur la porte. Quand une main massive trouva la crémone, le battant sauta enfin. Mais celui à qui appartenait cette main rugit de douleur, car elle était déchirée et du sang jaillissait de dessous les ongles. Tous cherchaient à gagner l'extérieur en frappant, en donnant des coups de pied, des horions, en poussant des cris. Seule une mère resta, son enfant gisait sur le grès, la mâchoire piétinée. Et la femme, les yeux révulsés, ne cessait pas de rire, car de la tête de l'enfant s'échappait son cerveau. Et la femme ramassait les petites dents sur le sol et les baisait comme si elles eussent été plus précieuses que les perles les plus précieuses au monde.

Les souffrances de cette nuit mémorable ne se peuvent dire. Il nous faut suivre les traces de notre héros : nous ne pouvons accompagner le grand nombre pour apaiser son chagrin en le berçant d'un vague espoir lorsqu'il regarde brûler ses fermes, ses étables, son bétail et son mobilier.

Les flammes dévoraient en hurlant la propriété de Nulf Alder. Le feu lançait ses langues dans la ramure des arbres fruitiers pliés par le fœhn, et même l'herbe brûlait dans les cuvettes humides. Il semblait impossible d'approcher la face de la maison où se trouvaient les fenêtres, car le rayonnement de la chaleur était tel qu'on eût étouffé dès la barrière du jardin. Elias cherchait les cris de douleur de la jeune fille et n'entendait pas le moindre gémissement. Alors que Nulf, en ne cessant de jurer et de maudire Dieu, tentait d'arracher quelques planches à la paroi est de l'étable afin de sauver au moins quelques têtes de bétail, sa femme le tira par les cheveux et le supplia d'aller, pour l'amour du ciel, sauver leur fille des flammes. Nulf la renversa d'un coup de poing, arracha encore une planche, regarda à l'intérieur de l'étable et vomit aussitôt sous l'effet de l'abominable odeur de chair carbonisée.

Elias, pendant ce temps, avait déjà appuyé l'échelle contre le mur du sud, s'était précipité sur le toit encore indemne ; il détachait maintenant du lattis les bardeaux de bois ; les clous rouillés lui mettaient les mains en sang, mais il ne sentait pas la moindre douleur. Il enfonça le lattis à coups de pied, s'ouvrit un passage, s'y glissa et tomba victorieusement au beau milieu des épis de maïs qui séchaient au grenier. Il entendit soudain une légère toux. Il plissait les yeux et tendait l'oreille. Les crépitements et le ronflement du bois qui brûlait lui permettaient de suivre l'avancée des flammes, et il ne tarda pas à savoir quelles parties de la maison en étaient la proie. Il trouva la petite fille dans sa chambre opaque de fumée. Elle était allongée, les yeux ouverts, sous le châssis du lit, ses dents serraient sa poupée de chiffons. Il saisit le petit bras d'Elsbeth, la tira de dessous le lit, lui passa le bras autour des hanches, la souleva et serra fermement le petit corps contre son buste...

Le cœur d'Elsbeth était contre le cœur d'Elias, et les battements du cœur d'Elsbeth se confondaient avec les battements du cœur d'Elias. Alors Johannes Elias Alder poussa le hurlement horrible et lamentable de celui qui est parfaitement conscient qu'il va mourir. Ce cri anéantit à l'instant même la conscience d'Elsbeth, qui sombra, évanouie, sur le corps du jeune amoureux. Alors s'accomplit la révélation que l'enfant de cinq ans avait eue dans le lit de l'Emmer, lorsqu'il avait entendu les battements du cœur d'une enfant qui n'était pas née. En cette nuit d'omniprésente terreur, Johannes Elias Alder se prit d'amour pour sa cousine Elsbeth Alder. D'un amour nécessaire, car Dieu était loin d'en avoir fini avec lui.

Et au haut de la gorge que l'on appelait le Rocher-de-Saint-Pierre, dans une faille, la silhouette de Peter, l'enfant blessé. Les reflets de l'incendie chatoient sur ses cheveux gras. Dans ses yeux étonnés se dessine le flanc nord du village que dévorent les flammes. Il a la bouche ouverte, ses lèvres sont desséchées. Il serre entre ses doigts le briquet d'amadou et ne le lâche plus. Peter compte les fermes, cinq, six, celle de Daniel Lamparter aussi, celle de Mathieu Alder aussi, et celle de la fille de joie, il en brûle toujours davantage. Voici l'heure de sa vengeance. Non, il ne s'est pas mis à genoux, il n'a pas demandé pardon pour le vol qu'il a commis. Et dans ses yeux brille le village en flammes, et ses yeux se mouillent d'émotion, et il essuie ses larmes avec son bras estropié, il se met à dire des prières, il demande, d'une voix à la sonorité chaude, que son père crève. Et sa voix se casse quand il chante, longtemps et de plus en plus fort : « Monsieur mon père, vous allez crever ! »

Le premier incendie opéra ses ravages pendant toute une nuit et la moitié d'un jour. Vers le milieu du jour de la Nativité, les prairies rougeoyaient encore. Un nuage bas et gigantesque glissait au-dessus d'Eschberg, et jamais homme n'avait vu cette lumière-là. La terre colorait le ciel en rouge. Des colonnes de fumée montaient vers le couvercle noir, des souches d'arbres étaient incandescentes, se remettaient à flamber. Quinze fermes étaient réduites en cendres. Deux vieillards impotents étaient morts dans leurs lits, ainsi que quatre petits enfants, si l'on compte celui qui s'était fait piétiner à l'église. Quelque cent têtes de gros et de petit bétail avaient été brûlées. La moitié du village — le côté nord — était entièrement dévastée. Dans la forêt et la campagne, les dégâts étaient indescriptibles. Tout ce qui pouvait brûler avait brûlé.

Désolation de la désolation, pour qui avait été contraint, en ces jours et ces nuits, d'assister à la catastrophe. Il ne suffisait pas du grondement, du ronflement et du fracas plusieurs lieues à la ronde. Il ne suffisait pas des lamentations humaines que l'on entendait partout. Non, il fallait aussi qu'on vît étouffer, brûler, s'écraser les innocentes créatures. Comme le grand gibier se précipitait sur les ustensiles, il n'y avait plus d'issue. Toute une troupe, suivant un faux instinct, se précipita dans le ravin. Les petits animaux feulaient, couinaient en tournant en rond, la fourrure en feu, la peau carbonisée. Des oiseaux piquaient dans les brasiers, les ailes à moitié consumées, car la chaleur montait jusqu'au ciel et les langues de feu attisées par le vent s'élevaient à plus d'une lieue.

Quand ensuite Elias, dans la neige de janvier, appela les animaux de la forêt, avec ses sons, ses bruits, ses trilles inaudibles, aucun d'eux ne sortit de l'horizon blanc hérissé de souches d'arbres. Ni Resi la biche, ni Wunibald le blaireau. Ni Lips le renard roux, ni Sebald le putois, ni le bouvreuil sur une patte.

Seule une petite maison, sur le flanc nord du village, avait été épargnée. Hélas ! — doit-on ajouter, car c'était la petite ferme du sculpteur sur bois Roman Lamparter, Bonne-Part.

Mais les bâtiments qui se trouvaient dans la partie sud d'Eschberg étaient intacts. Ni la petite église, ni la moindre ferme, ni même le plus petit bardeau n'avaient subi de dommages. Cela ne faisait qu'augmenter la fureur de ceux qui habitaient le côté nord, et quand ils constatèrent cette injustice, quelques-uns, après une crise de nerfs, tombèrent en syncope.

Le jour de Noël, huit familles firent un balluchon du peu de bien qui leur restait et quittèrent en pleurant leur Eschberg bien-aimé. Ils suivirent la rigole à laquelle était réduite l'Emmer pour gagner la vallée du Rhin, où, dans les temps qui suivirent, ils succombèrent à la pauvreté ou cultivèrent en simples journaliers, jusqu'à la fin de leurs jours, la terre d'autrui. Parmi eux se trouvaient Haintz et sa femme, ainsi que la famille de l'indiscrète mauvaise langue Alder. Ces gens et les histoires qui leur sont liées quittent définitivement notre champ de vision.

Mais l'indiscrète mauvaise langue semble n'avoir pu partir qu'après avoir colporté dans le village une calomnie démentielle dont les cruelles suites apparurent le jour de la Saint-Étienne. Elle prétendait, s'il faut en croire son témoignage, avoir vu à distance convenable Bonne-Part marcher de long en large jusqu'à l'aube derrière ses volets fermés. Il aurait parlé à son ombre, les cheveux ébouriffés et la bouche écumante, se serait roulé par terre comme ceux qui ont le haut mal, puis il aurait écrit quelque chose sur un papier, où l'on voyait distinctement le mot *brûler*. Il se serait livré dans la nuit on ne peut plus noire de sa cave à des pratiques sacrilèges, aurait récité l'*Ave Maria* à l'envers, à la façon des musulmans, et aurait même fini par uriner sur le crucifix : voilà ce que prétendait avoir vu, dans l'obscurité de la nuit et d'une distance convenable, l'indiscrète mauvaise langue Alder, s'il faut en croire son témoignage.

Même les idiots les plus dangereux d'Eschberg ne croyaient pas à ce témoignage, et cependant il passait pour établi que c'était le sculpteur sur bois Roman Lamparter qui avait allumé le brasier. Trop longtemps les paysans d'Eschberg avaient dû subir dans leur foi, leur vie et leurs activités l'insolente raillerie de cet homme aux courtes pattes, aux sourcils épais et broussailleux, et dont la bouche était environnée de mille plis creusés par le rire. Car il avait coutume de se pavaner pendant la semaine en habits du dimanche, et quand il voyait quelqu'un ratisser une pente sous la canicule de juillet, il s'avançait vers lui, ôtait ses binocles de son nez, soufflait sur les verres pour en chasser des grains de pollen, décrivait des cercles avec sa petite canne de bois sculpté, passait le doigt sous son col empesé et parlait, comme un livre, de la difficile condition de paysan. Elle n'était pas rentable, et ce pénible travail, pour une bonne part, ne nourrissait pas son homme, aussi était-il plus judicieux de se tourner les pouces et de se mettre à l'ombre pour contempler le bleu si esthétique du ciel, comme le faisaient les oiseaux sur leurs branches. Voilà les discours que leur infligeait quelqu'un qui ne pouvait même pas s'acheter un quintal de foin ! Et, de colère, les hommes en sueur auraient craché par terre — mais leur bouche desséchée par la poussière des champs n'avait plus assez de salive.

Ce qui scandalisait toutefois le plus les paysans, c'était l'aspect de son habitation. Lui qui n'allait jamais à l'office, même pas à la messe de minuit, il avait eu l'idée de se bâtir une petite maison dont l'extérieur ressemblait au tabernacle d'Eschberg. Bonne-Part avait passé quatre ans à sculpter cette petite maison, et lorsqu'elle fut terminée, il ne manquait ni la dentelle des pinacles ni même le fleuron pour la faire ressembler au saint des saints. Mettons-nous dans le cœur d'un paysan d'Eschberg, et nous ne comprendrons que trop bien pourquoi Bonne-Part était suspect, voire haï. Car qui n'eût point aimé habiter le tabernacle ? Mais que ce soit précisément lui — un faiseur de dettes, un antéchrist — qui partageât son logement avec Jésus, c'était une injustice qui réclamait à grands cris l'expiation. Bonne-Part n'était pas digne que le Seigneur entrât sous son toit. Pas lui !

Pour finir, il redoubla ce crime par un autre. Son unique vache à lait — un animal décharné au mufle tout gris et aux yeux injectés de sang —, il la baptisa Sainte-Élisabeth, parce que, dans son grand âge encore, elle lui avait fait un veau ! Il serait trop long de relater tous les épisodes scandaleux de la vie de Bonne-Part, à moins de leur consacrer tout un petit livre.

Le matin de la Saint-Étienne, ils enfoncèrent sa porte à coups de pied, tonitruèrent jusqu'à sa chambre, le tirèrent avec force gifles des rêves les plus profonds et lui auraient enfoncé un épieu de bois dans la figure si l'un d'entre eux ne les avait arrêtés en s'exclamant que ce damné chien devait brûler vif. Deux des assaillants lui arrachèrent sa chemise, le tirèrent du lit en le rossant, lui arrachèrent une oreille, tandis que le troisième détruisait à coups de marteau toute la décoration de la chambre, les sculptures sur bois et le mobilier. Ses yeux tombèrent sur un bidon de fer-blanc, et sur ce bidon figuraient les mots *huile de lampe*. Ils jetèrent leur victime nue au bas de l'escalier, mais il eut le bonheur de bien tomber et put s'enfuir. Ils se lancèrent à sa poursuite : ils étaient les plus rapides, car ils avaient la force des meurtriers. Faisant des crochets, il leur échappa encore, trébucha, se redressa et s'enfonça dans les branchages du sous-bois en montant jusqu'au haut de la gorge que l'on nomme Rocher-de-Saint-Pierre. Mais là se trouvait un précipice, et il n'y avait d'autre voie que de s'élancer dans la fumée, à travers les branches calcinées, et souvent rougeoyantes encore, de ce qui avait été la forêt. Sa seule force était celle de la terreur mortelle, qui est folle et désordonnée. Il parvint un moment à disparaître dans le nuage. Il s'était brûlé les pieds, mais il ne ressentait ni le chaud ni le froid et s'enfonçait toujours plus loin dans la fumée. Tout à coup, il entendit leurs voix tout près devant ses yeux, recula, se tourna de tous côtés, heurta soudain une souche d'arbre et poussa un cri aigu ; un poing noir de charbon sortit de la nuée : il était pris.

Où avait-il donc laissé aujourd'hui ses maudites frusques du dimanche ? railla-t-on dans un éclat de rire. Il ne savait s'il devait compresser sa mâchoire d'où giclait le sang, ou bien cacher son sexe. Et où est-ce qu'il avait mis ses binocles aujourd'hui ? Qu'il leur parle donc comme un livre de la condition de paysan et de ces choses-là, qu'il passe son doigt sous son col amidonné, qu'il se pavane comme une femme, puisqu'il avait pour une bonne part l'habitude de le faire. Ils l'humilièrent et le tourmentèrent ainsi pendant plus de deux heures. Puis ils l'attachèrent à un tronc d'arbre avec des cordes de chanvre, rassemblèrent du bois transformé en charbon, l'empilèrent autour de son corps, l'arrosèrent de pétrole, hurlèrent de contentement et y mirent le feu. Mais les assassins savaient que ce n'était pas lui qui avait allumé l'incendie : aussi hurlèrent-ils d'autant plus fort, jusqu'à ce que leurs cris eussent couvert ceux de leur conscience.

Il se trouva qu'au même moment Elias explorait les environs du Rocher-de-Saint-Pierre à la recherche de l'ami disparu, car il connaissait le repaire de Peter. Il ne put cependant le trouver dans sa faille, où il ne découvrit que le chat d'Elsbeth, dans son dernier râle, et le briquet d'amadou. Alors qu'il s'en retournait, un cri puissant lui déchira presque les oreilles. Ce cri, au début, ressemblait à un rire affreux, mais Elias ne tarda pas à savoir que, quelque part, dans le nuage de fumée, un homme était mis à mort. Et il perçut la voix des assassins, et le meneur, c'était Seff Alder. Seff Alder, son père. Son père, qu'il aimait et qui l'aimait.

L'homme-enfant resta là. Ses doigts se tordaient, ses lèvres devenaient bleues. Mais de ses lèvres s'échappait, tendrement et sans fin : « Père, père, père ? »

L'hiver 1815

On enterra les morts le lendemain du jour de l'An, et donc neuf jours après la catastrophe. Cela tenait à ce que l'on n'avait pas retrouvé le cadavre d'Edouard Lamparter. On avait eu beau fouiller et fouiller encore sous les ruines de sa ferme, on n'avait pas pu mettre au jour un seul petit os calciné. Ne se montra que le fourneau de porcelaine d'une pipe, qui fit pousser à la femme d'Edouard de grands cris de douleur. Cinq cercueils étaient posés dans le chœur de la petite église, dont cinq bâtis à la va-vite pour les quatre petits enfants qui avaient trouvé la mort. Mais à côté du quatrième se trouvait une chaise où, sur un coussin de damas, reposait la tête de la pipe d'Edouard Lamparter.

La douleur des familles en deuil fut aggravée par le curé Beuerlein, qui mit fin au requiem dès le *Tuba mirum*, plissa des yeux déconcertés pour regarder les fidèles, puis décida tout de même avec beaucoup d'assurance qu'il était temps de passer au baptême. Il descendit donc jusqu'aux cercueils et reçut leur promesse. Deux gaillards, peu après, se rendirent à Goetzberg d'un pas de *staccato* et déclarèrent à son supérieur que les habitants d'Eschberg n'entendaient pas souffrir davantage le révérend curé. Celui de Goetzberg sembla comme frappé par le tonnerre quand on lui décrivit le dérangement où se trouvait l'esprit de son cher frère. Les joues en feu, en murmurant un « Diable, diable ! », il promit de venir lui-même à Eschberg et de s'ouvrir personnellement de l'affaire au vicaire général. Quand il donna pour la septième fois sa bénédiction aux deux gaillards — lui aussi était chargé d'ans —, la lumière se fit en eux et ils reprirent en maugréant leur pas de *staccato* renforcé pour rentrer à Eschberg.

Ceux qui n'étaient pas partis pour la vallée du Rhin demeurèrent obstinément dans le village. Dès l'Épiphanie, ils commencèrent à reconstruire leurs fermes. Le patron de l'Auberge du Chasseur donna l'hospitalité à leurs familles. Pendant tous les mois d'hiver, plus de soixante-dix personnes vécurent et dormirent au coude à coude dans la petite salle.

Et c'est là que la Seff, la pauvre, la pitoyable femme, dut souffrir son troisième accouchement — aux yeux de tous. On avait rejeté sa requête de voiler sa couche d'un drap. Les hommes fixaient des yeux hallucinés sur son vagin ouvert, les enfants serraient secrètement les poings et les crispaient encore comme pour aider à expulser le nourrisson. Quelques femmes regardaient bouche bée la cicatrice sur la joue de la parturiente. Puis une rumeur parcourut la salle d'auberge. C'était un enfant bizarre qui était venu au monde — ils voulaient dire un mongolien. Pauvre Agathe Alder, pauvre Agathe !

En ces temps où l'on avait établi à l'auberge ses quartiers de fortune, l'intérieur de la tête d'Elias ressemblait à un ravin profond et dangereux. Ce qu'il pensait tombait dans un abîme sans fond et ne renvoyait pas d'écho. Il avait de fortes fièvres, souffrait d'accès subits de transpiration, et quand il s'éveillait, le matin, des larmes involontaires jaillissaient de ses yeux collés par le sommeil. Il restait alors des heures au même endroit, immobile. Il ne reniflait même pas la goutte qu'il avait au nez. Souvent, il fallait le prendre par les épaules et le secouer vivement pour qu'enfin sa bouche émît un vague son. Il semblait ne plus entendre, ne plus pouvoir parler. personne ne savait qu'il avait subi un choc.

Quand dans la nuit du crime, en effet, les meurtriers étaient arrivés à l'auberge, il s'était mis à trembler de tous ses membres, comme si des mains invisibles l'eussent secoué d'un côté à l'autre. Elias avait beau chercher à se maîtriser — jamais il n'avait trahi son père —, il n'y parvenait pas. Des sons gutturaux et graves lui échappaient, et il mit la moitié de son poing dans la bouche et se mordit les lèvres jusqu'au sang pour que cela cessât enfin. Rien n'y faisait. Tout le monde avait les yeux fixés sur Elias. Enfin il parvint à perdre conscience en serrant de ses bras sa cage thoracique au point de ne plus pouvoir respirer. La scène était effrayante, on songea à un accès d'épilepsie et on dit à Seff, qui venait d'entrer, d'emporter son gamin. Seff le fit. À l'extérieur, le corps affaissé se réveilla dans ses bras. Mais lorsque Seff vit les yeux du garçon, deux orbites fantomatiques, il devina qu'Elias savait tout. Ses forces abandonnèrent Seff et le gamin lui glissa des bras. Puis il vit un liquide noir couler aux commissures de ses lèvres. Ne pouvant supporter ce spectacle, il rentra dans l'auberge en titubant.

Là, il fit quelque chose que l'on n'aurait pas cru possible. Lui dont les lèvres ne laissaient pas passer trois mots dans une journée se mit soudain à parler si vite et avec tant d'abondance qu'on eût dit que c'était l'homme le plus bavard d'Eschberg. Il parlait par lambeaux de phrases, les terminait par des gestes brusques, bégayait et passait aux hurlements, ne s'accordait aucune pause. Tandis qu'il discourait ainsi, les autres hommes qui étaient entrés avec lui l'entourèrent de plus en plus étroitement, se mirent eux aussi à tonitruer, déversant sur les visages ébahis et muets le tonnerre de leurs paroles.

On avait cherché partout ce maudit chien, disaient-ils, car on savait par des témoins que c'était Bonne-Part qui avait mis le feu au village. Ils avaient passé le plateau au peigne fin pendant plus de six heures, mais c'était comme si la terre l'avait englouti. Nulf Alder tonnait que cet antéchrist s'était sans doute à présent échappé pour toujours. Aussi ceux qui pouvaient marcher avaient-ils le droit d'aller piller la maison du sculpteur. Maire d'Eschberg, il en donnait l'autorisation. Et les assassins menaçaient hypocritement, si Bonne-Part venait à avoir l'audace de se montrer ne fût-ce que dans les environs de leur village bien-aimé, de lui planter incontinent leur hache bien aiguisée dans le crâne. Une fois encore, ils essayaient de crier plus fort que leur conscience.

Elias glissa en titubant contre le lambris pour gagner l'extérieur. Il voulait disparaître dans l'obscurité et mourir. C'est alors qu'une main le toucha à l'épaule et qu'une voix cassée dit tout bas dans son dos : « Tu ne me trahiras pas, hein ? Tu ne feras pas ça ? Parce que, après, il y aurait autre chose. »

Elias se retourna. Tous deux restèrent là, calmement. Puis, nous ne savons pourquoi, ils se passèrent mutuellement la main dans les cheveux, respirèrent avec bonheur le parfum de leur haleine. Peter désigna son bras estropié comme s'il dût s'en excuser. Elias s'essuya la bouche, remua les lèvres, voulut parler. Ils gardèrent le silence. Et à nouveau les lèvres d'Elias tremblèrent, il fallait qu'il parlât, qu'il lui dît au moins un mot, un seul mot. Ils gardaient le silence. Mais Peter sentait avec certitude que jamais son ami ne le trahirait.

Dès lors que Nulf Alder avait livré au pillage la petite maison de Bonne-Part, on avait couru sus en foule ; en moins d'une demi-heure, on avait dépouillé, rongé la petite ferme à n'en laisser que le squelette, comme les chenilles font des feuilles. Toutes les sculptures, les belles décorations, les nombreuses gouges, les rabots, les cols durs, les binocles, le lambris du plafond, la literie, les lames du plancher — tout fut dérobé. Matthieu Alder et Michel-le-Charbonnier se précipitèrent en même temps dans la petite étable. Ils détachèrent tous deux Sainte-Élisabeth et s'en disputèrent la propriété. Matthieu, qui était le plus fort, poussa Michel dans la fosse à purin et tira la vieille carne à l'extérieur. Cela rendit furieux Michel qui se lança à la poursuite de Matthieu et planta rageusement sa botte dans le derrière de Sainte-Élisabeth. La vache perdit l'équilibre, glissa, déboula lourdement la pente comme un sac de farine et se brisa la nuque : elle était morte. Michel-le-Charbonnier partit d'un rire sonore, essuya le purin sur son visage et cria, triomphant, à Matthieu : « Crénom de bon Dieu de saloperie ! Elle est à moi tout de même ! »

Pendant les semaines qui suivirent le premier incendie, il tomba beaucoup de neige, jusqu'à la hanche. Puis vint le froid, puis vint la faim. Mais les paysans d'Eschberg se serraient les coudes. Ceux que le feu avait épargnés partageaient leur lait avec les victimes réduites en une nuit à l'état de mendiants, leur faisaient du pain, leur donnaient des hardes, leur tenaient des propos réconfortants et leur accordaient même le droit, pour la reconstruction de leurs fermes, d'aller quérir du bois dans leurs biens forestiers. En pleine neige de janvier, les victimes auxquelles on avait ainsi rendu courage n'attendirent point pour dégager les murs de leurs fermes. Les femmes et les enfants mettaient la neige en grands tas, et lorsqu'ils trouvaient soudain quelque pièce de mobilier intacte, ils montraient leur trouvaille à chacun, les yeux brillants. Du côté sud du village, on ouvrit de nouveaux layons dans la forêt, et ceux à qui elle appartenait ne lésinaient pas, faisaient abattre les plus gros sapins, attelaient leurs chevaux, leurs bœufs et leurs vaches, tiraient le bois, le long des profondes tranchées creusées dans la neige, jusqu'au flanc nord de la localité. Comme les jours d'hiver étaient chiches de lumière, ils poussaient leurs bêtes avec des « Hue ! » furieux, et elles fumaient dans l'air argentin de janvier.

Une mystérieuse générosité semblait avoir pénétré les cœurs. Ceux qui s'étaient trouvés plongés dans la misère ne parvenaient pas à comprendre pourquoi on leur venait en aide avec tant de désintéressement. Ils se persuadaient que c'était l'effet de la gratitude envers Dieu qui avait conservé leurs maisons à ceux qui habitaient le sud du village. Jamais un Lamparter n'avait de plein gré prêté la main à un Alder, et moins encore un Alder à un Alder. Quand l'un suait à mettre en bottes son foin balayé par le vent sous un ciel chargé d'orage, le voisin était à sa fenêtre, espérant de tout cœur que les nuages allaient crever et de gros traits de pluie faire pourrir les balles. On n'accourait pour prêter main-forte que lorsqu'il pleuvait à grands seaux.

Il ne fallut guère attendre que l'été de la même année pour voir confirmé que l'on n'avait pas été méfiant sans raison. Il s'avéra que les généreux bienfaiteurs avaient tenu secrètement des registres où étaient proprement consignés chaque stère de bois, chaque livre de truites, chaque miche de pain, le moindre œuf et la moindre gorgée de vin de cerise. On avait même compté les prises de tabac si souvent et si instamment offertes à ces pauvres hères. Le jour vint de la présentation du Grand Livre, et les créanciers, fallût-il attendre des décennies, exigèrent jusqu'au dernier liard.

En ce malheureux temps de Noël de l'année 1815, on voit Elias errer sans but à travers le village. Il piétine nerveusement les pâturages enneigés. Son seul habit, celui du dimanche, est en haillons. Il est là comme un jeune cerisier dont les fleurs ont gelé en boutons, avant même de s'ouvrir. Celui qui voit ses yeux reste muet, et certains sont d'avis que l'esprit du garçon s'est éteint. Quand il s'éveille, le matin, dans la salle d'auberge, des larmes coulent sur ses joues. Puis il reste là, impassible, à compter les lattes du lambris sombre et fané. Il roule des pensées, d'une latte à l'autre. Parfois, c'est son petit frère l'idiot, quand il l'entend reprendre sa respiration sur le sein de leur mère. Parfois c'est Seff, qu'il commence à haïr. Quand l'herbe des prairies se remet à pousser, il se jure en secret qu'il n'ira pas retourner le foin pour son père, qu'il ne pansera pas les vaches, ne fourrera pas dans le seau à lait le mufle du petit veau qui vient de naître, qu'à l'automne il ne ramassera pas les feuilles mortes. Mais les nuits, les nuits pendant lesquelles, dans la salle d'auberge, tout respire, se racle la gorge, murmure, tousse, siffle et ronfle, les nuits appartiennent à Elsbeth, sa bien-aimée, à qui il a sauvé la vie. Alors il reste éveillé et il écoute le souffle frêle d'Elsbeth s'échapper de ses lèvres. En pensée, il sent l'odeur de ses cheveux dorés comme les feuilles d'automne, il joue avec ses oreilles. Et il serre les paupières, il veut compter les battements du cœur d'Elsbeth. Ses pensées se calment. Parfois, un tressaillement du corps de la petite fille vient interrompre cette paix parfaite. Les rêves d'Elsbeth sont traversés par des incendies nocturnes et des images où elle cherche son chat roux, qu'elle ne trouve pas. Alors Elias aurait envie de se lever, de se faufiler par-dessus les corps des dormeurs et d'aller chez la Nulf, aux pieds de qui la petite fille est couchée. Il voudrait réchauffer la main moite et froide d'Elsbeth sous sa propre aisselle, voudrait, de sa main ouverte, lui éventer le front ; mais son courage retombe, et, en pensée, il fredonne une berceuse à la petite fille. Et c'est lui-même qui s'assoupit.

Elsbeth et le printemps

Bientôt la nature décida d'envahir les prairies de ses couleurs les plus somptueuses. Les brûlures, les cicatrices sur sa peau se refermèrent, et le frêne, son arbre favori, se remit à pousser, en grand nombre et vigoureusement. Bientôt les fermes reconstruites dressèrent fièrement leurs frontons vers la vallée du Rhin, et l'on voyait étinceler le blanc cru de leurs frisettes de pin jusque dans l'Appenzell. Ceux que la catastrophe avait ruinés se laissaient moins aller à la colère, et dès la première fonte des neiges, la malheureuse veuve d'Edouard Lamparter fit des visites empressées chez Kunrich Alder. Au bout de l'an, ils étaient époux légitimes, et au bout de l'an la tombe d'Edouard périclitait honteusement. Bientôt on oublia les larmes et les plaintes, le printemps mit de l'entrain dans les esprits, à la kermesse, on rit des malheurs passés, et, par les nuits d'orage, on racontait aux siens les circonstances lamentables dans lesquelles on avait vu griller un bœuf ou un enfant, en imitant la voix stridente du nourrisson ou en faisant assaut de hurlements déchirés par la souffrance. Mais les gens avaient beau se complaire aux délices de l'oubli, la marque de cette catastrophe se gravait dans les âmes, ineffaçable, et, pendant des années encore, elle les poussa dans les noirs abîmes d'innombrables cauchemars.

Car les paysans d'Eschberg avaient compris ce que Dieu voulait leur dire en leur envoyant le premier incendie. Ils n'en furent que plus obstinés et ne dissimulèrent plus leur hostilité tant à Son égard qu'à celui de Sa Sainte Église. Singulièrement Nulf Alder, qui ne demanda pas de nouvelle bénédiction pour sa ferme resplendissante. À l'endroit où se trouvait jusque-là l'oratoire domestique, il installa une alcôve, et ce fut dorénavant Nulf Alder qui dormit à la place du bon Dieu.

Et Johannes Elias Alder était devenu un homme. À quinze ans, ses membres s'allongèrent d'un coup, à dix-neuf il avait la silhouette d'un homme mûr, d'un homme de quarante ans. Il était de haute taille, avait deux mains abîmées certes par le travail, mais mûres, et quand, à la saison des foins, le soleil lui brûlait le visage, celui-ci se couvrait de taches de rousseur. Le pénible transport des balles de foin lui avait abîmé la colonne vertébrale, et sur son corps la peau était rude, cornée.

Elias ne tint pas le serment qu'il avait fait à l'encontre de son père. Dès la première coupe, il l'aida à faner, il ratissa proprement après la fenaison, assura la traite, fourra dans le seau à lait le mufle des veaux nouveau-nés, et, à l'automne, il ramassa les feuilles mortes sur les pentes sans vouloir que quiconque l'aidât. Mais il évitait Seff, autrefois tant aimé, à présent meurtrier de Bonne-Part. Et depuis ce jour, Seff évitait aussi Elias. Elias avait en fait rompu avec les siens. Son frère Fritz n'avait jamais rien représenté pour lui, et il n'avait jamais véritablement pris à cœur la pitoyable situation de sa mère : il n'aurait même pas cillé si, quelque jour, on l'avait trouvée froide dans son lit. Il ne prit en affection que son crétin de petit frère. Il s'occupait de lui dès qu'il en avait le temps, le prenait dans sa propre chambre, lui apprit à marcher, lui enseigna une langue faite de sons et de notes qu'ils étaient les seuls à comprendre. Et quand Elias découvrit chez cet enfant débile de grands dons pour la musique, son amour s'en accrut d'autant, et ils furent frères jusqu'au fond de l'âme.

Cependant, le visage d'Elias Alder conservait toute la nervosité de sa prime jeunesse. Sa bouche, bien qu'il eût de belles lèvres régulières, n'exprimait aucun apaisement. Elle était tout environnée de plis, et le nez à larges ailes, parfaitement calme, accentuait encore l'agitation de la face. Bien que son crâne montrât de bonnes proportions — chose rare et frappante dans le village —, la couleur vive des prunelles venait aussitôt en détruire l'harmonie. Comparé aux physionomies grotesques de la race d'Eschberg, on ne pouvait que juger Elias bel homme, et une mauvaise langue Lamparter remarqua fort justement que ce jeune monsieur bien fait ressemblait tout craché au curé Benzer.

À partir de sa dix-septième année, ses cheveux, qu'il avait rares et pâlis, lui arrivaient aux épaules. Il avait une certaine prédilection pour les redingotes noires et se fût habillé tout de noir si cela ne lui eût pas fait courir le risque de passer pour un cagot. Il se donna un pas court et prétentieux qu'il étudia pendant plus d'un an. Cette curieuse démarche était la seule révolte extérieurement visible qu'il manifestât contre ce monde de paysans balourds dans lequel il n'avait jamais voulu entrer. Et, qu'il s'en doutât ou non, sa démarche reproduisait fidèlement l'univers de sa pensée musicale. Car les musiques qu'il inventait la nuit sur l'orgue d'Eschberg étaient des compositions élégantes et légères où une pensée courte et rapide rattrapait, remplaçait ou retournait l'autre comme un gant. C'est le propre de tout génie que réaliser avec une grande perfection ce qu'il n'a jamais vu ni entendu. Et Elias n'avait jamais entendu de musique polyphonique, car les préludes d'Oscar Alder n'allaient pas plus loin que des accords grossiers et indigents.

L'apparence nerveuse et la bonne constitution de cet homme pourraient cependant suggérer qu'il se dressera quelque jour contre le monde, ou qu'il porte tout au moins dans son cœur une tenace rébellion. Or, si l'on met de côté la singularité de son pas et l'horreur de sa mort, ce musicien ne s'est jamais véritablement révolté. Il accepta la vie qui était la sienne, se soumit aux rythmes et aux nécessités de l'an, travailla, devint bossu comme les autres, et gagna des cals aux mains sans y trouver ni satisfaction, ni joyeuse fatigue, ni espérance d'un avenir meilleur. Il s'échinait à la ferme de son père afin que sa personne n'éveillât plus l'attention. Jamais il ne surmonta le choc qu'il avait subi dans son enfance.

Qu'aurions-nous pu conseiller à Elias ? Dès lors qu'un être humain se voit signifier d'entrée de jeu qu'il a certes du génie, mais qu'il ne lui sera jamais permis de l'accomplir parce qu'ainsi le veulent les lois d'un plan dissipateur — rien n'eût été changé à cette vie quand bien même elle se fût déroulée loin de là, dans l'environnement favorable d'un monde ami de la musique.

Dieu est le plus fort, car il aime toute injustice sous le soleil.

Dans les années qui suivirent la catastrophe, l'image de sa vocation de musicien se transforma. Depuis la nuit où il avait sauvé la petite fille des flammes, il aimait Elsbeth avec une force et une passion qui confinait à l'inhumain. Il trouva bon de se décider pour l'amour, de lui donner tout l'esprit et toute la force dont est capable une vie humaine. Du plus minuscule atome de son vouloir limité, il trancha pour Elsbeth, et, par là, contre son génie musical. Mais puisque son génie lui était donné par Dieu, c'était contre Dieu qu'il prenait parti.

Que notre lecteur, auquel nous lie désormais un sentiment de lointaine familiarité, n'aille point imaginer qu'Elias ne fit plus de musique. C'est le contraire qui est vrai. Il se mit à pousser son talent à l'extrême, puisqu'il jouait pour Elsbeth. Deux fois par semaine, il se laissait enfermer dans la petite église et apprenait à jouer de l'orgue par ses propres moyens. Une étude opiniâtre lui permit d'acquérir un doigté très agile — que dis-je, étourdissant. Et lorsque, enfin, ses mains eurent achevé leur croissance, l'une et l'autre purent courir du haut en bas du clavier, et qui plus est *prestissimo*, en saisissant — on lit bien — dix intervalles à la fois. Il n'actionnait la pédale qu'avec la pointe du pied, et la précision de cette technique lui permettait d'atteindre des *legati* parfaits. Quand les incessantes allées et venues entre la console et le soufflet commencèrent à gâter sérieusement son plaisir, il mit Peter dans la confidence et le pria de lui faire le vent. Peter accepta volontiers, car, à cette époque, il était déjà tombé amoureux d'Elias. La première fois qu'il fut témoin du fabuleux talent d'improvisation de son ami, il prit véritablement peur et en oublia un moment de manœuvrer le soufflet. Il contemplait cet individu étrange et inquiétant avec la même fascination que celle qui s'était éveillée en lui autrefois, dans leur enfance, quand il se tenait sous la fenêtre de la chambre. Quand Elias, de la console, lui fit un sourire et lui demanda son jugement sur ce qu'il venait de jouer, Peter sentit le sang battre dans la paume de ses mains. Il ne put dire un mot. Il aurait aimé crier, et le désir l'eût fait se jeter contre le corps de son ami. Dans sa tête fiévreuse, la décision naquit de faire d'Elias ce qu'il aimerait le plus au monde, de le garder, maintenant et toujours, à sa proximité. Comment pourrait-il vivre dorénavant sans lui ?

Il nous faut raconter comment notre musicien, en rassemblant, une nuit, toutes ses forces, démonta l'instrument pièce par pièce. Les vicissitudes constantes des intempéries, la sécheresse et l'humidité, la suie, la graisse avaient si pitoyablement détérioré l'orgue que plusieurs touches étaient décrochées, que les postages n'étaient plus étanches et que les tuyaux poussaient des hurlements si affreux qu'on eût dit les trompettes de Jéricho. Ses oreilles ne le supportaient plus, et c'est ainsi qu'il démonta les planchers et les parois, les poutres et les plinthes, qu'il détacha les touches, les équerres et les tirettes, les soupapes et les réservoirs, qu'il déboîta chaque tuyau du sommier et entreprit d'enlever au pinceau, jusqu'au moindre grain, toute la poussière accumulée pendant un siècle dans tous les éléments de l'orgue. La tribune ressemblait à un atelier où s'activaient en même temps un ferblantier, un tanneur et un ébéniste. Il consignait sur des plans bien propres chacun de ses gestes, chacune de ses interventions, et il ne perdit pas la plus minuscule pièce de cuir. Lorsqu'il eut nettoyé et restauré tous les éléments, il entreprit, avec infiniment d'habileté et une oreille incorruptible, d'accorder les registres. Il prit deux cornets qu'il avait faits lui-même, conique et concave, retravailla les tuyaux, rectifia les lumières à petits coups de marteau précautionneux, tandis que Peter tenait patiemment les touches enfoncées jusqu'à ce que la vibration de la note concernée, dont les ondes faiblissaient peu à peu, se fût éteinte tout à fait. Pour la première messe, un orgue entièrement reconstruit resplendissait dans la petite église. Les deux amis restèrent à la tribune jusqu'à l'angélus, car il fallut encore bien du temps jusqu'à ce qu'Elias eût soigneusement colmaté les coutures du soufflet et les jointures des ferrures pivotantes. Il trempa un pinceau dans de la farine, le passa sur les jointures, et dès que la moindre poussière s'en envolait, il s'interrompait, prenait un petit morceau de peau d'agneau et le fixait sur le point abîmé avec de la colle d'os.

À l'heure de Pan, les deux amis regagnèrent leurs fermes en se faufilant par des chemins détournés. Elias, couvert de saleté et de poussière, se souvint du serment qu'il avait fait devant Dieu lors de la première nuit qu'il avait passée à l'orgue : il ne prendrait pas de repos tant que l'instrument n'aurait pas recouvré son âme. À présent, il avait envie de se reposer, mais, dans la chambre, Philipp poussait des cris et des jappements de joie. Elias siffla et ordonna à l'idiot de se taire. Il se tut.

Le réveil d'Oscar Alder fut abominable. Au prélude, une peur bleue l'assaillit. Au *Kyrie*, ses lunettes s'embuèrent, au *Gloria* ses doigts mouillés de sueur glissèrent du manuel, et au deuxième *Gloria* — le curé Beuerlein oubliait au fur et à mesure ce qui venait de se passer —, la respiration lui manqua et il s'effondra, évanoui, du banc de la console. Deux faces au sourire insolent soulevèrent aussitôt le géant et le remirent sur le siège, un Alder diligent alla pêcher des mouchoirs dans les poches, cracha dessus et en tamponna la bosse aux reflets bleuâtres qui ornait le front de l'organiste. De ce jour, Elias n'eut plus le droit d'actionner le soufflet, et de ce jour on n'accorda plus aucune circonstance atténuante au jeu d'Oscar Alder, car le nouvel orgue dénonçait la moindre bourde à grands cris. Nulf Alder, qui ne venait plus à l'office depuis la catastrophe, laissa tomber à l'Auberge du Chasseur un verdict parfaitement assassin : Oscar était un margoulin sans aucun don pour la musique. Il le savait depuis toujours, *sicot erat et principus in nuc et semper !* Plus personne ne consola le pauvre homme, et on l'humilia tant et si bien qu'il plongea dans le schnaps, qui était le seul à le remonter.

Quand Elias jouait, il jouait pour Elsbeth, il inventait une musique qui emprisonnait le parfum de ses cheveux couleur d'automne, le tremblement de sa petite bouche, le son strident de son rire de petite fille, ou le craquement que faisaient les plis de son tablier de damas bleu. Il volait à l'enfant un secret après l'autre, ne fût-ce que le boitillement fugitif, mais qui revenait toujours, de sa jambe droite, la courbe que prenaient ses narines l'espace d'un instant, un accès insignifiant de chair de poule ou les premières ombres du rouge qui commençait à lui venir au front. Il enregistrait les expressions de l'enfant et la mélodie de sa voix, et ses dons d'imitateur lui permirent bientôt d'emprunter sa manière sombre de parler. Nous devons avoir présent à l'esprit que notre homme aimait une enfant de sept ans. Pour l'instant, il est vrai, sans éprouver de désir érotique, bien que les frustrations du corps eussent déjà commencé à le torturer. Aussi cherchait-il à s'en distraire par le travail et se tuait-il de fatigue dans l'espoir que cela tuerait aussi sa concupiscence. Mais quand la petite fille vit le jour de sa première purification et qu'aussitôt son corsage bleu comme l'iris commença à se gonfler, Elias se sentit le courage désespéré de lui caresser les cheveux comme en passant. Il le fit, et il ne lava pas cette main tant qu'il y sentit encore l'odeur d'étable qu'y avaient laissée les mèches.

Elsbeth était une enfant calme, équilibrée et de bon caractère, ce qui ne laisse pas d'étonner si l'on songe à son père, brute vulgaire, individu plein de bassesse et de rancœur à l'encontre des siens et du monde entier. Mais Elsbeth ressemblait à sa mère, et celle-ci était une femme qui souffrait patiemment les humeurs que l'ivresse dominicale inspirait à son mari, qui ne se lamentait pas quand elle était battue et tourmentée, qu'aucune humiliation ne parvenait à détacher de son époux auquel elle pardonnait ses péchés en silence alors qu'il ne lui en demandait jamais pardon. Elle était faible, et quand les enfants venaient chercher refuge auprès d'elle, elle les repoussait par peur de son furieux de mari. Elsbeth tenait beaucoup de sa mère. De même que la Nulf, laissant aller ses pensées, imaginait une vie qui valût davantage d'être vécue, de même Elsbeth rêvait son rêve, où un garçon viendrait un jour de loin, chevaucherait avec elle à travers les brumes de la vallée du Rhin, lui baiserait les mains, relèverait le voile qu'elle porterait sur la tête et rendrait vie par ses baisers à sa bouche de glace. En un mot, la petite fille voyait avec les yeux de l'amour. Et bien que le garçon fût là — venu d'un tout autre lointain —, elle n'en voyait rien.

Cela se fit au printemps de 1820. Elsbeth avait alors treize ans, était une très belle, très charmante demoiselle et avait un teint étonnamment foncé, de sorte que dès le mois de mars, son petit visage était déjà brûlé de soleil. Elle était de petite taille et le resta sa vie durant. Ajouté à sa jolie figure, à laquelle un petit nez épaté donnait un charme supplémentaire, cela poussait plus d'un gaillard à la diminuer : on voyait en elle une femme ravissante avec laquelle on aurait volontiers une amourette, mais à qui l'on eût dénié tout esprit et tout entendement. Or, petite fille déjà, Elsbeth n'en manquait point : elle savait comme une somnambule quelle fréquentation lui était nuisible, utile ou secourable. Dès le début, elle eut l'intelligence d'éviter son père, et son frère tout autant. Mais elle n'en garda pas moins quelque chose de vulgaire dans son langage. Car elle n'avait jamais rien entendu de finement tramé jusqu'au jour où Elias Alder entra dans sa vie.

Il y était entré quand il l'avait sauvée. C'était là la seule raison pour laquelle Nulf supportait chez lui la présence de Pisse-Jaune. Au printemps de 1820, Elias s'y transportait presque tous les jours et demandait son ami Peter. En vérité, sa nostalgie le poussait vers Elsbeth. La jeune fille n'était point fâchée de voir ce grand monsieur en redingote noire. Elle éprouvait du respect pour son âge, trouvait du goût à la distinction de sa démarche et de sa manière de parler. Car lorsqu'il parlait, c'était encore de la musique.

Pendant les mois qui composèrent ce printemps de 1820 se produisit à Eschberg un événement singulier.

Comme cela arrivait si souvent, une circonstance infime fut à même de plonger les habitants dans une hystérie qui, d'un jour à l'autre, pouvait faire d'eux des saints ou des meurtriers. Cette occasion fut le discours de ce qu'on appelait un prédicant de foire. Les prédicants de foire, à cette époque, parcouraient en foule le pays, et tant leur vocation que leur caractère étaient extrêmement douteux. Cependant, ils se considéraient comme la nouvelle et véritable Église du Christ, de sorte que l'Église ancienne et non moins véritable leur vouait une solide inimitié, qu'ils n'avaient pas le droit de pénétrer dans les sanctuaires et encore moins d'y prêcher.

Le prédicant Corvinius Feldau von Feldberg — assurément un pseudonyme — était un homme d'environ trente ans à l'aspect dépenaillé, qui avait l'air, avec ses cheveux roux en broussaille, d'avoir été à l'instant arraché au sommeil. Il n'était vêtu que d'une peau de mouton — et deux femmes prétendaient avoir vu là-dessous pendre son sexe. Ce Corvinius arriva au village le dimanche des Rameaux et fit devant la petite église un sermon dont les conséquences furent catastrophiques pour les paysans d'Eschberg, comme on va le voir à présent.

« Réjouis-toi de la femme de ta jeunesse, commença le rouquin en bâillant, elle est aimable comme la biche et suave comme le chevreuil. Laisse son amour te rassasier et savoure tous les chemins de son amour. » Et le prédicant se mit à commenter et à illustrer les mots de Salomon avec une telle hardiesse que chacun en eut le souffle coupé. Un peu sorti à présent de sa somnolence, il était, dit-il, un apôtre de l'amour. Rien ne comptait plus que l'amour dans ce monde de vilenie. Aucune autre loi ne valait. Tous, jeunes et vieux, devaient s'abandonner à la volupté. La fin était proche, une gigantesque armée de Maures campait déjà derrière le Vorarlberg. Celui qui avait une femme devait la prendre et ne la plus laisser. Les enfants devaient s'accoupler, ainsi que les vieillards. Le mariage, il le jurait, lui, l'apôtre de l'amour, était dissous à tout jamais. Le monde était libéré de ses chaînes. Si une femme désirait deux hommes, eh bien, qu'elle en prît trois. Si un homme convoitait la femme de son voisin, ou le veau, ou la vache, qu'il ne résistât pas à son désir.

En discourant ainsi, le rouquin s'excita jusqu'à des cris orgiaques et se contorsionna de la façon la plus obscène lorsqu'il voulut dépeindre, avec un flot de paroles indécentes, l'accouplement des animaux et des hommes. Le silence se fit et les naseaux dilatés exhalaient un souffle lourd. Les seins des femmes se gonflaient, et plus d'un homme avait la braguette tendue. Personne n'avait jamais vu cela : enflammer le désir par un simple sermon !

Arrivé au sommet de ses proclamations, il tint des propos si échevelés que les femmes, en grand nombre, furent la proie d'accès de fou rire ou de cris désordonnés. Car seul irait au paradis, braillait-il de sa voix de crécelle, celui qui se serait entièrement livré à l'amour. Le front du prédicant montrait déjà des veines sombres, et l'on craignait qu'il ne s'effondrât d'épuisement. « Vous n'avez point droit à un instant de repos ! » hurlait sa gorge enflammée. Celui qui laisse passer sans amour une seule heure de sa vie devra la rattraper au purgatoire. Vous n'avez plus le droit de dormir, car en dormant, vous n'aimez pas. Regardez-moi ! Il y a dix jours et dix nuits que je ne dors plus ! » Et c'est aux mots de : « Qui dort n'aime pas ! » que le prédicant Corvinius Feldau von Feldberg s'écroula, inconscient.

Le prône du charlatan eut sur quelques esprits des conséquences tout à fait funestes. Le registre des baptêmes de l'année 1820 en recense douze pour le mois de décembre, et celui des décès parle de *trois femmes infanticides trespassées hors des sacrements de l'Église.*

Il est étrange que ce soit justement l'apparition de ce personnage grossier, de cet apologiste du stupre, qui ait eu le pouvoir de métamorphoser le cœur et l'esprit de notre musicien. Bien qu'il ne manquât point d'en percevoir les intentions vulgaires, que d'autres avaient également perçues, Elias comprenait néanmoins tout ce que contenaient d'anarchiste les mots sous lesquels le rouquin s'était effondré. De fait, Elias Alder ne dormit ni cette nuit-là ni la suivante, mais concentra ses pensées et ses désirs sur la jeune Elsbeth. Il partit dans les montagnes, remercia Dieu, sous une lune orientale et déjà pleine, pour une vie dont il savait à présent qu'elle avait enfin trouvé sa vocation définitive. Il se roula parfois dans l'herbe noire de prairies encore maigres, étendant largement bras et jambes, pleurant et chantant : « Qui aime ne dort pas ! » Il planta les ongles dans l'herbe comme pour s'accrocher à ce monde grand, rond et beau. Non, il ne le quitterait plus, car dans ce monde grand, rond et beau vivait Elsbeth.

Il eût aimé passer une autre nuit dans la montagne, si les rêves de Philipp n'eussent été aussi désespérés. L'idiot était inconsolable et hurlait comme un chien interminablement.

Le Jeudi saint, vers l'heure de midi, ils firent pour la première fois une promenade ensemble. Ensemble, c'est-à-dire : Elsbeth, Elias, le petit frère débile et, toujours en cachette, Peter, qui les suivait depuis le premier jour. Des yeux, pour commencer. Il les vit prendre le sentier qui descendait vers l'Emmer, et, comme ils disparaissaient, il n'y tint plus. Peut-être Elias entendit-il dans le sous-bois ces frôlements étranges. Peut-être vit-il l'ombre de Peter dans la clairière ou perçut-il une respiration toute proche. Toujours est-il qu'Elias se savait suivi à distance : il ne dit rien.

Il avait fait sa toilette, dérobé à son père une chemise empesée, mis sur ses tempes deux gouttes de l'eau de rose de sa mère, déjà trouble depuis bien longtemps, ciré ses chaussures et gravé dans le bois de sa petite canne un double E en caractères baroques. C'est ainsi qu'il la reçut ; il lui eût volontiers donné le bras pour qu'elle pût y reposer le sien quand le sentier devenait raide et cahoteux.

Seff, qui était en train d'enclore une prairie dans le hameau voisin, aperçut les trois jeunes gens de tailles différentes. Lorsqu'il vit la redingote noire, un éclat de mélancolie lui traversa les yeux. Il laissa tomber sa masse de bois, remua les lèvres, les arrondit un bref instant comme pour crier quelque chose à son fils. Il aurait aimé lui dire : « Mon gars, tu n'oublieras donc jamais ? » Puis il enfonça les doigts dans la maigre barbe couleur de terre qu'il avait au menton, et il entendit à nouveau les cris de Roman Lamparter au moment où il brûlait, et à nouveau il fut pris d'une douloureuse migraine. Depuis ce meurtre, Seff ne se taillait plus la barbe, comme pour cacher son visage.

Les yeux d'Elsbeth lançaient des éclairs de curiosité.

« Est-ce qu'il y a loin jusqu'à ce rocher ? demanda-t-elle gaiement en défaisant son tablier de damas bleu.

— Parfois, cela me paraît loin et en même temps si

près ! » dit Elias, la tête bien haute, en s'efforçant de donner à sa démarche maniérée une allure de danse.

Cela fit la joie de Philipp, qui marchait derrière eux et tenta d'imiter son frère, ce qui fit rire Elsbeth de bon cœur.

« Petit Philipp ! plaisanta-t-elle, tu feras un bon danseur. Quand les violons et les tambourins viendront pour la kermesse, nous danserons, n'est-ce pas ? » Elsbeth saisit l'enfant, le prit sur sa poitrine et se mit à chanter *Joli Mois de mai*.

À cet instant, Elias eut envie d'être Philipp, d'être porté et bercé comme cela par cette jeune fille. « Attends ! s'écria-t-il soudain. Il me vient une mélodie ! » Elsbeth se tut et le regarda. « Fais bien attention ! Toi, tu continues à chanter la mélodie. Moi, je chanterai en dessus et en dessous. Mais sois bien sérieuse et ne va pas me perdre les notes ! » Elsbeth ne comprenait pas ce qu'il avait en tête et ne voulait pas chanter, parce qu'il l'avait écoutée avec une très grande attention. Mais les prières d'Elias étaient si ardentes qu'elle finit par accepter, et elle reprit le *Joli Mois de mai*.

Alors les oreilles de la jeune fille vécurent quelque chose d'incroyable, et même d'un peu étrange et inquiétant. Tandis qu'elle chantait, Elias se mit à chanter lui-même avec la voix d'Elsbeth. Elle en fut si vivement effrayée que le petit Philipp faillit lui en glisser des bras. Elias les rattrapa tous les deux d'un bras ferme et, le rouge aux joues, tenta de sourire en regardant Elsbeth dans les yeux. « Beaucoup de gens ont peur en entendant leur propre voix, marmonna-t-il. Tu dois savoir que je connais presque toutes les voix du village. Et j'ai découvert, chuchota-t-il, qu'on peut lire le caractère de quelqu'un dans le seul son de sa voix. » Elsbeth le regarda, épouvantée, et elle ne savait ce qu'elle devait redouter le plus, cet homme ou le jaune cru de ses prunelles, qu'elle n'avait encore jamais vues d'aussi près.

« Pourquoi prends-tu peur ? Il y a longtemps que je connais ta voix. Elle est belle, et elle renferme un bon cœur. » Et, pour distraire la petite fille, il lui donna en comédien quelques échantillons de son talent d'imitateur. Il attrapa si parfaitement la voix métallique de Michel-le-Charbonnier qu'Elsbeth ne tarda pas à rire. Et quand il reproduisit dans toutes leurs tonalités les nasillements geignards du curé Beuerlein, l'étonnement lui fit pousser un petit cri.

« Mais d'où tiens-tu cela ? demanda-t-elle, plus tranquille à présent.

— Ce n'est qu'une question d'oreille, répondit-il avec fierté. Toi aussi, si tu voulais, tu pourrais imiter la voix de beaucoup de femmes. » Et il dut lui promettre de l'initier bientôt au mystère de cette faculté d'imitation.

La forêt commençait à s'éclaircir. Çà et là, quelques jeunes roseaux poussaient aux endroits ensoleillés de la berge. L'Emmer reflétait le vert si riche de la forêt mixte et l'eau sentait la neige du Kugelberg, où le torrent prenait sa source. Au cours de l'année, il avait gagné toutes sortes de contours nouveaux. Elias contemplait ce tracé inédit avec une visible tristesse. Il ne pourrait jamais plus s'asseoir sur ce talus de la berge où, l'été dernier encore, il s'était installé, puisque le ruisseau n'y passait plus. Le changement constant du lit de la rivière lui fit sentir la fugacité des choses, et la finitude de sa propre vie.

« Tu vois la grosse pierre plate, là-bas ? » demanda-t-il à Elsbeth, qui était en train de chercher le meilleur moyen de franchir le ruisseau.

— Où donc ? » demanda-t-elle sans y accorder beaucoup d'attention. Elle fit un bond, qu'elle manqua, et se retrouva avec une chaussure dans l'eau. Elle poussa un bref et grossier juron, agrippa les rameaux d'un saule et réussit à gagner la berge. Elias avait pris Philipp sur ses épaules et traversa l'Emmer avec assurance et efficacité.

« C'est là-haut que se trouve mon endroit ! » s'écria-t-il d'une voix qui était presque celle dont il eût chanté un hymne. À ces mots, Philipp, sur ses épaules, émit un petit glapissement guttural, car il sentait la joie qui animait le cœur de son frère.

Le rocher poli par l'eau était là comme depuis toujours, immobile et majestueux. On aurait dit la pétrification d'une gigantesque plante de pied, comme si Dieu, en des temps immémoriaux, avait Lui-même posé le Sien sur cette terre. Elias conseilla à la jeune fille de se reposer un peu, fit descendre l'enfant de ses épaules, ouvrit sa redingote et l'étala sur la pierre. Ils s'assirent à distance convenable, tandis que Philipp rampait gaiement de l'un à l'autre. Elias passa longtemps à fixer les yeux, impassiblement, sur le vert profond de la petite vasque qui s'étalait à ses pieds, et un moment Elsbeth eut l'impression qu'ils étaient devenus gris-vert. Mais ce n'était que le reflet du ruisseau.

« Mais qu'a donc cette pierre de particulier ? » demanda-t-elle, encore essoufflée.

Il la regarda, et son regard glissa involontairement des lèvres sèches au corsage lacé en croix sous lequel se dessinaient les petits seins. Elias eut honte d'avoir laissé ainsi échapper son regard et voulut baisser les yeux, mais ils ne lui obéirent pas. Quand il contempla les mains pâles qui reposaient impatiemment sur son giron, que son regard glissa encore sur le genou que découvrait le bord relevé de sa jupe et effleura le tendre duvet de ses mollets, il faillit perdre les sens. Un tonnerre grondait dans sa tête : « Et ne nous induis pas en tentation, mais délivre-nous du mal ! » « Tes yeux ne désireront pas une femme ! » entendait-il le curé prêcher dans le lointain. Oh ! il serait pour Elsbeth un homme bon, un honorable époux ! Et si Dieu et les saints lui en donnaient la force, il ne la désirerait pas de sa vie. Il lui montrerait que le véritable amour ne se préoccupe point de la chair mais se donne entièrement à l'âme.

« Qu'est-ce qu'elle a, cette pierre ? » lui demandait Elsbeth pour la seconde fois en lui tapotant l'épaule. Et Elias s'éveilla et se mit à raconter. « Il émane de cet endroit une étrange force. Cela a toujours été ainsi. Enfant déjà, cette pierre m'a appelé. J'ai obéi, je me suis levé de mon lit et je suis venu à cet endroit. Je sais parfaitement que cette pierre vit. Et chaque fois que j'étais triste, elle m'a consolé. Tu vas me prendre pour un fou, Elsbeth, dit-il, mal assuré, mais je crois que c'est de cet endroit qu'on va au ciel. Que tous les gens de notre village, quand ils sont morts, sont obligés de descendre ici et d'attendre que Dieu leur ouvre les nuages. »

Tandis qu'il parlait, un curieux silence se fit autour d'eux. Philipp était devenu plus calme et ses yeux laiteux fixaient béatement son frère. Elsbeth, elle aussi, regardait sans bouger le visage émacié d'Elias. En la voyant le regarder ainsi, il éprouva la même certitude que cette autre fois dans les montagnes, lorsque, de félicité, il s'était agrippé à l'herbe de la nuit. « Ce ne peut être le regard que de quelqu'un qui aime », songeait-il avec bonheur. Mais Elsbeth, elle, le regardait avec les yeux de l'admiration et de la plus grande surprise. Elle était sous son charme, car elle n'avait jamais entendu aucun homme tenir un discours aussi habile et où chaque syllabe sonnait comme de la musique. Elsbeth était étonnée, et Elias croyait qu'elle venait de tomber amoureuse de lui. Seul quelqu'un qui aime vraiment peut commettre une erreur aussi cruelle.

Un vent frais descendit la vallée de l'Emmer et fit frissonner Elsbeth. Elias décida de prendre le chemin du retour. Il lui donna sa redingote, dans laquelle elle se glissa avec un sourire de gratitude. Philipp remarqua que sa jupe était bien trop longue, en saisit la traîne de ses mains maladroites et trotta derrière sa princesse dans ce fier équipage.

« Qu'en penses-tu, Elias, voulut savoir Elsbeth. Est-ce qu'il y a ici des kobolds et des démons ? » Et elle s'empressa de rapporter une histoire que le maître d'école avait racontée en classe et selon laquelle, à minuit, les sorcières tenaient leur sabbat sur le Rocher-de-Saint-Pierre. Le maître leur avait dit que bien longtemps auparavant avait habité à Eschberg une femme que l'on avait failli brûler, et qu'il s'en était fallu d'un cheveu.

« Je suis souvent allé au Rocher-de-Saint-Pierre, même la nuit, dit Elias tranquillement, mais je n'ai jamais rencontré de sorcière. Ce sont sans doute les cris et les bruits que font les animaux qui effraient les gens. » Puis il ajouta, pensif : « Ou bien c'est la mauvaise conscience qui torture le promeneur solitaire, le méfait qu'il a commis le jour, et qui peut-être résonne maintenant en lui sous la forme de cent questions ? » Et ses yeux virent alors le visage de Seff. Elsbeth ne comprenait pas ce qu'il voulait dire et prononça d'une voix forte que Dieu ne permettait pas plus de mal qu'on n'en méritait et qu'on ne pouvait en souffrir. Elle était sûre qu'il y avait des démons, mais la sainte Vierge Marie avait le pouvoir de les chasser. Sa mère le lui avait assuré.

Tout en continuant à parler, à soupeser le pour et le contre de la croyance aux démons, ils ne soupçonnaient pas qu'un démon bien vivant les suivait : Peter, à pas de loup. Il ne comprenait pas ce qu'ils disaient, mais sur son visage chafoin se peignait sa rancœur. Était-il vraiment possible que sa sœur se fût amourachée de Pisse-Jaune ? À nouveau, il examina la silhouette élancée d'Elias, observa la chevelure qui lui tombait sur les épaules, lorgna vers ses reins avec concupiscence. Le dimanche de Pâques, décida-t-il, il introduirait dans la maison Lukas Lamparter. Et il réfléchit aux moyens de faire réussir l'entreprise.

Avant d'être revenus, vers le début de la soirée, à leurs fermes respectives, nos deux personnages désormais amis eurent le temps de parler de bien des choses encore. Elias s'étonnait de l'intelligence de la jeune fille, et Elsbeth ne s'étonnait pas moins. Sur la dernière portion du trajet, il entonna un chant de la Passion, et cette fois Elsbeth ne craignit pas de le rejoindre ; son oreille ne pouvait même se lasser de la richesse d'invention presque infinie qui s'exprimait dans les mélodies qu'il chantait au-dessus et au-dessous de sa propre voix de jeune fille. Quand il l'accompagna jusqu'à la barrière de son jardin, il lui découvrit qu'il voulait être un jour l'organiste d'Eschberg. Plus tard, à supposer que le travail de la ferme le lui permît, à supposer que le maître d'école, Oscar Alder, lui apprît à jouer de l'orgue. Mais il ne devait pas se passer deux jours qu'Elias, par le fait d'un heureux hasard, put donner la mesure de son art à la population d'Eschberg.

Elias se réveilla au beau milieu de la nuit. Il avait rêvé qu'Elsbeth lui était apparue. Elle avait les seins découverts et les mettait dans les mains ouvertes du garçon. La main d'Elias qui, dans son sommeil, reposait par habitude sur son sexe, était à présent mouillée. Elias chercha le briquet d'amadou et alluma la chandelle. Il regarda, désarçonné, la petite flaque qui s'était formée sur le drap. Il ne parvenait pas à comprendre. Après avoir soufflé la chandelle, il s'endormit au rythme de son cœur à présent plus tranquille, dans une grande paix.

Il nous faut conter maintenant ce qui se passa dans la nuit du samedi de Pâques et le matin du dimanche qui suivit. Nous ouvrons là le chapitre sans doute le plus heureux de la vie de notre héros.

Comme partout dans le monde chrétien, les habitants d'Eschberg célébrèrent à minuit le miracle de la résurrection du Christ. Selon l'antique usage, le curé et les servants entrèrent dans une église encore parfaitement obscure, allumèrent le cierge pascal, et la flamme fut transmise de cierge en cierge par des mains précautionneuses, jusqu'à ce que toute la nef en fût illuminée. Pour qui veut bien se souvenir du curé Benzer que nous avons rencontré au début de ce livre, nous n'avons guère besoin de préciser que, naturellement, cet embrasement des cierges était, de son temps, la partie essentielle de la cérémonie. Le curé Benzer la savourait jusqu'à sa dangereuse fin, car plus d'une petite fille ou d'une vieille, à force de fatigue, en eut quelques cheveux grillés. Le curé Beuerlein, au contraire, expédiait volontiers la chose et voulut passer au sermon dès le deuxième

Lumen Christi. Mais il en fut empêché par Michel-le-Charbonnier, dont on avait fait entre-temps le sacristain d'Eschberg. Comme nous le savons, le curé n'était plus en mesure de commencer une messe, encore moins de la conclure. Du reste, Michel-le-Charbonnier abusait de son office de servant à la manière d'un galopin, en glissant dans le missel des vers ou des petits poèmes qui étaient certes dans l'esprit du moment, mais ne correspondaient en rien à la liturgie canonique. Michel-le-Charbonnier fit donc échec au sermon et entonna le *Gloria* de sa voix métallique. L'orgue devait alors attaquer aux pleins jeux le choral de la Résurrection, mais il garda le silence. Elias, qui était du côté de l'Épître, tressaillit. Car lorsque les gros doigts d'Oscar Alder préludaient, Elias s'amusait à imaginer dans sa tête son propre prélude et se divertissait à comparer les deux créations. C'était pour lui le seul moyen de supporter le jeu désespérant de l'organiste. Mais à présent, c'étaient le silence et l'attente qui régnaient.

Pendant ce temps, le prélude qui naissait dans la tête d'Elias suivait des chemins fantastiques. Il pensait introduire ainsi le choral : des accords graves de bourdon peindraient d'abord l'affliction des saintes femmes, les trois Marie, devant la tombe vide. Puis la basse entrerait sur une ligne en forme de chaconne qui se construirait sur des traits de secondes et décrirait la pierre que l'on roule péniblement. La troisième partie, enfin, apporterait, par une montée jubilatoire et des accords de fanfares, la certitude que le Christ était vraiment ressuscité. La mélodie du choral se mêlerait à l'ivresse de la victoire, et le choral se transformerait en un large flot d'harmonies incroyablement audacieuses. Cette audace dans les harmonies, qui concrétiseraient l'inouï, ce qu'on ne peut pas croire, manifesterait au chrétien qui douterait encore que le Christ avait accompli l'indicible : ressusciter d'entre les morts. Quelle musique géniale !

Mais les paysans n'entendaient rien de tout cela. On commençait à se racler impatiemment la gorge, à loucher vers la tribune. Enfin, Michel prit son courage à deux mains et attaqua le choral. Ainsi chanta-t-on a capella la messe de Pâques, et il ne servit à rien que Peter n'arrêtât pas de pincer Elias et de lui chuchoter qu'à la fin, il devrait bien monter à la tribune. À cette pensée, la nuit se faisait devant les yeux d'Elias. Était-il possible que son heure fût venue ? Non, c'était impossible !

Avant même l'*Alléluia* de la Résurrection, une mauvaise langue Lamparter quitta discrètement l'église et se faufila jusqu'à la ferme d'Oscar Alder. Elle lorgna dans la salle, où dansait une toute petite flamme. Et elle vit le géant couché par terre, sur le ventre ; un sang noir lui coulait du nez, et ce sang formait une grande flaque. Autour du géant étaient dispersées six bouteilles d'eau-de-vie de marc — Oscar Alder avait tellement bu qu'il s'en était évanoui.

Nous avons précédemment décrit le maître d'école comme un envieux qui se tenait lui-même pour un grand musicien. Mais il est un point sur lequel nous ne pouvons faire autrement que de le trouver respectable : son âme était profondément vouée à la musique. Il ne put jamais se faire à l'idée que l'orgue réaccordé dénonçait douloureusement, même aux oreilles les moins douées pour la musique, les fautes de son jeu. Sa main maladroite n'en était pas moins animée par un cœur fort sensible. Oscar Alder en périt, et l'on nous permettra d'anticiper sur son destin : quinze jours après Pâques, sa femme le trouva mort dans la grange. Il s'était pendu avec la chaîne d'un veau. À ses pieds se trouvait une lettre où des caractères désespérés disaient qu'il avait toujours voulu être le parfait musicien devant l'Éternel, mais qu'on les avait méprisés, lui et son art, et qu'il allait donc au diable — à la grâce de Dieu !

Le matin de Pâques, tout le village savait déjà pourquoi, la nuit, l'orgue avait gardé le silence. Elias sentait venir son heure. C'est pourquoi il se plaça avec Peter au dernier banc, qui lui était si familier, celui des vieillards chiqueurs de tabac. De là, il n'y avait qu'un bond à faire pour se trouver à la tribune. Il attendit dans l'angoisse, craignant que le maître d'école ne fît quand même son apparition. Mais il n'en fut rien, et c'est un misérable *Kyrie* qui fut exécuté a capella. Alors, Peter et lui se jetèrent à l'eau.

Les fidèles furent saisis d'un puissant étonnement quand soudain, au *Gloria*, l'orgue se mit à gronder, manifestant par l'allégresse du doigté comment un chrétien devait se réjouir de cette commémoration. Elias donna une toccata pleine d'ampleur qui se terminait dans un fugato sur la mélodie du cantique. Mais lorsqu'il en vint au choral proprement dit, personne ne voulut chanter, tant les paysans étaient saisis de peur. Aussi Elias éleva-t-il la voix lui-même : d'une basse puissante, il entonna le *Gloria*. Passé la minute d'effroi, quelques voix se risquèrent à le rejoindre. Mais elles durent bientôt s'interrompre, car cette sorte de musique exigeait de leurs oreilles plus qu'elles ne pouvaient donner. Et donner à l'office tout ce que l'on pouvait, c'était ce dont, à Eschberg, on n'avait pas l'habitude.

Elias jubilait. Il composa un adagio d'une délicatesse si touchante que les mains glacées des paysans furent soudain envahies de chaleur. Il illustra le choral *Christ lag in Todesbanden* par des motifs martiaux et conclut enfin par un postlude qu'il avait construit sur le mètre des battements du cœur d'Elsbeth. C'est l'âme tout exaltée que les paysans quittèrent l'église. La musique de l'organiste avait rendu la piété et la douceur de l'agneau à leurs cœurs endurcis, car, singulièrement, personne ne partit avant la fin. Et l'on ne se bouscula pas non plus auprès du bénitier. Quelques-uns se mirent tout à coup à prendre des manières distinguées qui leur étaient tout à fait inhabituelles, cédaient le passage avec un geste élégant de leur main boudinée, et mêlaient à leurs salutations — on ne voudra pas le croire — des mots qui ressemblaient à du français.

Elsbeth attendait déjà au portail, et quand elle entendit l'organiste venir de la nef, elle courut joyeusement à sa rencontre. Elle vit qu'il avait la figure couverte de sueur.

« Tu es un fichu bonhomme ! Je n'ai jamais entendu une musique aussi belle ! » Et ses cheveux d'automne se balançaient gaiement autour de sa nuque. Elias s'inclina, plongea deux doigts dans le bénitier, se retourna vers le tabernacle et se signa.

« Le postlude, je ne l'ai joué que pour toi. Sais-tu que nos deux cœurs battent au même rythme ? Sais-tu que nous sommes de la même espèce ? » Elsbeth continuait à le regarder avec des yeux immensément étonnés et ne comprenait pas ce qu'il venait de dire.

« Puis-je raccompagner mademoiselle à la ferme de monsieur son père ? » demanda Elias à la hâte, car il était effrayé par ses propres paroles. Il lui offrit son bras, elle fit une révérence environnée des frôlements de sa robe, et ils se pavanèrent jusqu'à la ferme de Nulf Alder.

Le regard aiguisé de Peter Alder brillait dans l'obscurité de la nef, et il était heureux de savoir que Lukas Alder allait venir aujourd'hui. De fait, Lukas arriva un peu après midi, mais Elsbeth ne fit guère attention à lui. Elle ne cessait de parler d'Elias. Comment se faisait-il que cet homme puisse jouer de manière aussi diabolique ? Elle ne faisait pas attention à Lukas. Pas encore.

Le jeu puissant de notre musicien fit encore s'épanouir deux autres personnes de façon tout à fait contradictoire. D'une part, le curé Beuerlein. En effet, au moment où il sortait de la sacristie, il avait été pris d'un instant d'extrême lucidité. Il se tourna vers l'est et songea au miracle de ce jour. Quelle homélie grandiose n'avait-il pas dû prononcer pour que les villageois l'eussent accueillie dans un pareil silence ! Et le curé se demandait, perplexe, comment il avait fait pour y parvenir.

Et la Seff s'épanouit aussi, la pauvre femme blanchie avant l'heure. Elle était appuyée au mur du cimetière, tendait le col vers les deux jeunes gens qui marchaient au bras l'un de l'autre, et ses yeux se mouillèrent. « Est-ce vraiment mon garçon ? Mon garçon ? » chuchota-t-elle pour elle-même. Puis elle se mit à pleurer, et elle fut hors du temps. Il fallut que Philipp lui tambourinât sur le ventre avec ses petits poings pour qu'elle recouvrât ses esprits. Elle prit l'idiot par la main et rentra à la hâte. Le soir, Seff entendit sa femme chanter dans l'étable. Elle chantait à nouveau les chansons de ses années de jeune fille.

Il n'y en avait qu'un qui ne pût retrouver la joie ; la mélancolie entra dans son cœur, et la décison de mourir y mûrissait comme une pomme rouge sombre : c'était le maître d'école Oscar Alder, dont nous avons déjà ébauché le destin. Il restait assis sans bouger sur le banc devant le poêle, fumait du tabac en quantités démesurées et ne pouvait se rassasier des tourments que lui infligeaient les récits de la mauvaise langue Lamparter qui, dès la singulière apparition du nouvel organiste, s'était précipitée chez l'ancien. Et la mauvaise langue chantait les louanges de ce miracle pascal en d'interminables alléluias. Un jour, on viendrait de tous les diables, on irait même arracher des copeaux aux contrevents de la ferme des Alder en disant : « Voyez ! J'ai un fragment de la maison du père du grand Elias Alder ! » Voilà le genre de choses que disait la mauvaise langue, et elle n'aurait pas cessé si vite de manifester son contentement si la femme d'Oscar, furieuse, n'eût fini par la mettre à la porte.

Il y aurait tant de choses à relater sur cette époque, qui fut pour Elias celle du suprême bonheur ! Il faudrait dire comment le village le prit en grande estime, comment les paysans lui transmirent non seulement la charge d'organiste, mais aussi celle de directeur d'école. Comment, dimanche après dimanche, son art stupéfiait tout un chacun. Comment il noua avec Elsbeth une amitié à vie, se mit à l'aimer plus passionnément de jour en jour sans jamais s'ouvrir à elle de cette passion.

Mais la jalousie ne dort pas, et c'est ainsi que des voix ne tardèrent pas à s'élever qui tentaient de rabaisser le puissant jeu de l'organiste. Il jouait trop longtemps, et puis trop fort, et il faisait une musique inutilement compliquée, disait-on à l'Auberge du Chasseur. La mauvaise humeur atteignit son sommet le dimanche des Morts, lorsque Elias s'interrompit brutalement au milieu du morceau pour figurer la soudaineté de la mort. Un frisson glacial parcourut le dos des paysans, car ils comprenaient bien ce qu'il avait voulu représenter. Ces choses-là n'étaient pas d'usage à Eschberg, effrayer comme ça les braves gens, grommela l'un d'eux. *Sicot erat et principus in nuc et semper !*

Elias, lui, jubilait. Il était au comble du bonheur, et lorsqu'il s'éveillait, le matin, des larmes de joie perlaient à ses yeux collés par le sommeil. Il aima les printemps, défendit les hivers, et l'automne n'était plus pour lui le signe de la mort. Il était certain d'avoir trouvé le battement du cœur de la femme qui lui était prédestinée. Et il dit un jour à Peter : « Qu'ont donc les pauvres humains à chercher, à errer ? Ils courent d'une bien-aimée à l'autre, et ils ne savent pas que Dieu leur en a assigné une de toute éternité. Un être dont le cœur bat exactement comme le leur. Enfants ! Ils n'ont pas confiance et ne sont pas assez patients pour attendre que Dieu leur en manifeste le lieu et l'heure ! »

La femme au clair de lune

Il fut pour les enfants un maître d'une grande bonté. Bien qu'ils ne pussent jamais entièrement vaincre la crainte que leur inspiraient ses yeux jaunes, ils commencèrent à rivaliser auprès de lui d'une affection presque tendre. Il était rare qu'un enfant osât le regarder dans les yeux. Il chantait tous les jours avec eux, leur apprenait sur l'orgue à comprendre ses images musicales, expliquait les saintes Écritures à la manière d'un conte et leur inculquait avec obstination que l'homme n'était pas le seul à avoir une âme, mais que les créatures, les fleurs et les pierres en avaient une aussi. Si leur attention faiblissait, il faisait se rouvrir leurs paupières lasses en imitant des voix d'Eschberg qu'ils avaient alors à deviner. Quand un enfant ne pouvait payer le prix de la semaine parce que la faim régnait à la maison, il ne le battait pas mais prenait en secret des œufs, du pain et du fromage sur l'écolage des autres. Si l'un, en hiver, avait oublié la bûche de rigueur pour le poêle, il ne le grondait pas, car il voyait bien que ses petites jambes ne portaient même pas de chaussettes. C'était un maître attentif, toujours sur ses gardes pour découvrir en l'un de ses élèves un talent pour la musique. Il découvrait des voix qu'il pourrait former. Mais il ne trouva pas de musicien. Sinon Philipp, qui était toujours présent. Mais Philipp était un débile, et son talent ne pouvait que dépérir.

Sa quête inlassable d'Elsbeth, femme désormais nubile, le rongeait comme une perfide maladie. Les symptômes s'en manifestèrent d'abord en d'apparentes bagatelles. Si l'on ouvrait inopinément une porte, il sursautait avec une nervosité excessive. S'il voyait de loin une femme approcher de la ferme, son pouls s'accélérait. S'il entendait, la nuit, des rires de femmes près de la fontaine du village, il croyait toujours y percevoir celui d'Elsbeth. La musique, qui lui avait toujours été facile, devint bientôt un effort, et il dut reconnaître qu'il n'y trouvait plus de consolations. Quand il était entré dans ses fonctions d'organiste, il travaillait tous les jours l'instrument, il le soignait, entretenait l'harmonie des registres. À présent, cela lui était trop difficile, car l'école et la ferme lui donnaient un travail infini. Lorsque l'année retrouvait le temps pascal, son ardeur musicale semblait se rallumer. La Passion du Christ avait toujours été pour lui une affaire de musique. Nous aurions presque envie de dire que c'était vraiment ce qui stimulait son goût de la composition. De même que l'époque brumeuse qui environnait le jour des Morts, où il tentait de mettre en musique l'atmosphère de novembre associée au parfum de l'encens et aux ornements noirs. C'était un fils de son temps : il aimait tout ce qui pouvait être mis en relation avec la mort.

Ces années d'attente silencieuse dans l'amour d'Elsbeth virent la métamorphose de sa théologie. S'il avait été jusque-là un chrétien sobre, mais à la foi bien ancrée, des doutes commençaient à fermenter en lui. Pourquoi Dieu ne voulait-il pas exaucer la prière qu'il faisait chaque nuit ? Était-il vraiment dans sa volonté de voir souffrir un être humain ? Était-il dans sa volonté de plonger un être dans l'erreur ? Ne lui avait-il pas miraculeusement montré à qui il était destiné ? Dieu, à la fin, s'était-il détourné de lui ?

Elias s'adonna à cette époque à une piété mariale étrangement exaltée. Il se mit à collectionner les images de la Vierge, les chapelets et les statuettes. Il le faisait avec une rage presque fanatique et allait même jusqu'à demander aux enfants de l'école de lui donner tous les objets de dévotion dont on n'avait plus l'usage chez eux. Il les gardait ensuite dans sa chambre comme le plus précieux des trésors. Les murs se couvrirent d'images, à la tête et au pied du lit les rosaires étaient suspendus comme des épis de maïs au séchoir, et la table débordait de figurines en bois et en plâtre. Des Marie, peintes ou non, avec ou sans tête, en deuil ou transfigurées — des Marie partout.

Quand il pénétrait dans l'église, il ne faisait plus la génuflexion devant le Saint-Sacrement, mais se dirigeait vers l'autel de la Vierge, tombait à genoux — si personne n'était là —, se penchait sur l'ourlet de la nappe d'autel et le baisait avec passion. Il restait ainsi longtemps, et le bouquet éternellement frais que la Nulf disposait chaque semaine lui donnait un espoir nouveau. Assurément, il ignorait ce que ce bouquet voulait dire, mais il savait que c'était la Nulf qui l'y plaçait. Il recherchait tout ce qui pouvait être mis en relation avec Elsbeth.

Ces inquiétantes dispositions de l'âme firent le jeu de Peter. Lui seul savait combien Elsbeth était aimée d'Elias.

À l'époque des faits que nous allons relater, les deux amis étaient entrés dans leur vingt et unième année. La vie de Peter était aussi tracée que celle de son compagnon, et il ne pouvait pas s'attendre que s'offrît jamais une possibilité d'échapper à l'insupportable ennui d'une vie de paysan. Lors de son vingtième anniversaire, Nulf l'emmena chez un notaire de Feldberg afin de lui transmettre ferme, bois et prairies. On se demanda avec beaucoup d'étonnement, à Eschberg, comment Nulf pouvait manifester envers son fils une confiance aussi illimitée, car enfin les fils n'héritaient qu'à la mort des pères. Mais Nulf lui-même dut bientôt reconnaître qu'il s'était trompé sur le sien. Quinze jours après l'entrée en vigueur de la donation, Peter relégua ses parents dans sa propre chambre, et ils n'eurent plus le droit de pénétrer dans la salle commune sans son autorisation. Depuis cette infortune, on voyait Nulf retourner pieusement à l'église, et cela ne fit qu'accroître les railleries dont il était l'objet de la part du village.

La façon qu'avait Peter de traiter le bétail témoignait des penchants qui se manifestaient déjà ouvertement chez lui. Sous prétexte de bonne économie, il fit sur plusieurs bœufs une expérience afin de savoir combien de temps ils pouvaient tenir sans boire. Il trancha un jour la queue d'un veau pour la simple raison qu'il s'était joyeusement accouplé. À une truie qui venait de mettre bas il creva les deux yeux parce qu'elle avait mordu deux de ses pourceaux qui en étaient morts. Quand il fut repu de la cruauté extérieurement visible, il élabora des voies et des méthodes pour torturer les créatures sans qu'elles perdissent leur confiance dans leur maître. Et lorsqu'il y parvenait, il regardait dans les yeux, la bouche ouverte et l'œil lubrique, l'animal devenu fou.

Peter n'était pas un homme. Il n'avait pas de barbe, était de petite stature, son visage gardait les cicatrices de la petite vérole et son corps était noueux. Il avait les cheveux frisés, et sa marque indélébile était son avant-bras estropié. Ses yeux lançaient des éclats noisette. Ils étaient beaux lorsque ne flamboyait pas en eux la lueur de ce volcan sans fond.

On ne comprend pas pourquoi notre Elias fréquentait cet individu qui torturait les créatures comme si elles eussent été coupables de l'ennui qu'il trouvait à son existence. Le naturel de Peter n'avait assurément pas échappé à Elias. Maintes fois déjà il l'avait supplié de revenir de ses méfaits, de laisser en paix les animaux — surtout lorsque Elsbeth, en se lamentant, lui rapportait telle ou telle de ses cruautés. Cependant, la gratitude et la fidélité semblaient l'emporter chez Elias. Il n'oubliait jamais que Peter venait autrefois sous sa fenêtre et avait pris parti pour lui. Cette fidélité le rendait involontairement complice des méchancetés de Peter. Il le savait. Et il ne faisait rien, car cela lui eût coûté l'amitié la plus chère de sa vie.

Cela se produisit par une tiède nuit de novembre, en

période de pleine lune. Ce sont les nuits où l'été se révolte contre l'automne et agite le cœur des humains, qui tentent alors de trouver une âme sœur pour partager leur quête. Le village était plongé dans le premier sommeil d'avant minuit, les forêts projetaient des ombres gigantesques sur les prairies auxquelles la pleine lune donnait des reflets bleus. La veille, Peter avait dit à Elias, sur un ton mystérieux, de se trouver près de l'Étang-aux-Cerfs, au pied du Rocher-de-Saint-Pierre. Il l'y attendrait, et il lui montrerait ce dont il avait toujours rêvé. Il lui montrerait l'amour.

Elias, aiguillonné par un pareil discours, se rendit sans retard à l'endroit convenu. Là s'étendait une clairière dont le sol était un marécage où l'on s'enfonçait jusqu'à la cheville. C'était dans ces sortes de lieux que le grand gibier avait coutume de venir se rouler. Lorsque Elias pénétra dans la clairière, il sentit une odeur de tabac. Cela lui parut étonnant. Puis il vit Peter appuyé à un tronc d'arbre et tirant hâtivement sur une pipe. Peter le salua d'une voix surexcitée dans laquelle Elias pouvait déjà lire le mal.

À la même heure, une femme célibataire se préparait à une sortie nocturne. C'était Burga Lamparter, dont nous avons dit naguère qu'elle aimait la vie et les êtres humains, et que c'était la raison pour laquelle on avait fait d'elle la fille de joie du village. Lors du grand incendie, sa maison avait été dévorée par les flammes, et elle avait dû se louer comme servante chez son cousin Walther, du hameau d'Altig. Là, elle conçut un amour immortel pour le frère de celui-ci, qui était un homme de haute taille, émacié, et qui, depuis sa plus tendre enfance, souffrait d'épilepsie. Toute cette histoire était connue du village, et le village savait aussi que cet homme avait perdu ses testicules lors d'un accident en forêt. Burga ne l'en aimait pas moins. Quand, le dimanche, après le déjeuner, il fumait sa bouffarde, elle reniflait avec volupté la fumée du tabac, restait assise sur le banc de la fenêtre à contempler son Gottfried, et elle était contente.

Burga était une femme à l'embonpoint resplendissant, au visage typé et à la chevelure blonde arrangée en lourdes tresses. Michel-le-Charbonnier lui avait remis un billet cacheté — contre de l'argent, il ne refusait aucun service — et l'on pouvait y lire, sur un fort joli papier à la cuve, que Gottfried était prêt à la retrouver vers minuit près de l'Étang-aux-Cerfs. Il avait des choses de la plus grande importance à lui communiquer. Burga ne douta pas un instant de l'authenticité de la lettre. C'était la main de Gottfried, lui sembla-t-il indubitablement, qui avait rédigé cette missive. Le plan de Peter était finement tramé.

En descendant les prairies aux reflets bleus, la joie la contraignit à faire halte sans cesse pour tirer la lettre de son tablier[1] et la couvrir des baisers de ses lèvres sèches. Puis elle humait du tabac, et tout son corps en tressaillait.

« Gottfried ? exhala-t-elle, frétillante d'impatience, en direction de la clairière envahie par la lune. Gottfried, tu es là ? » Quoique Burga n'eût pas peur de l'obscurité — elle travaillait essentiellement la nuit —, elle se sentait à présent angoissée. Elle attendit, écouta, n'entendit aucun bruit. « Gottfried ! commença-t-elle pour se don-

1. Celui qui va avec le costume traditionnel des pays allemands du Sud, le *Dirndl*, qu'on met pour s'habiller, et non pour faire le ménage. *(N.d.T.)*

ner du courage, c'est moi ! Ta Burga ! Je suis là ! Sors donc d'où tu es ! »

Alors la voix de Gottfried s'éleva dans l'obscurité. « Viens à la lumière, Burga ! Je veux te voir ! »

Burga sentit battre son cœur au moment où elle pénétra dans la clairière. « C'est humide, ici ! dit-elle en souriant d'angoisse. Tu ne veux pas que nous cherchions un meilleur endroit ? » Et elle tournait la tête de tous côtés pour trouver d'où venait la voix. « Montre-toi donc ! réclama-t-elle maintenant dans une bouffée d'humeur. Je sais que tu es derrière le sapin !

— Quelle belle femme tu es, dit la voix du fond de l'obscurité. Sais-tu que je te désire depuis le jour où tu es venue à notre ferme ?

— Que vas-tu raconter ? opposa vivement Burga en pataugeant jusqu'aux chevilles dans le marécage.

— Reste dans la lumière ! s'exclama Gottfried, et la voix dérailla de manière si caractéristique que les derniers doutes de Burga s'évanouirent.

— Je reste ici, dit elle en prenant des intonations de jeune fille et en croisant les bras sur son ventre.

— Est-ce que tu m'as jamais aimé ? » demanda la voix tristement. Burga fut surprise. La voix demanda sur un ton encore plus sombre : « Parle, est-ce que tu m'as jamais aimé ? »

Cette question touchait l'amoureuse en plein cœur, et elle livra sans retenue ce qu'elle avait de plus intime. « Quand je caresse ma paillasse en allant dormir, je rêve toujours que c'est ta tête, Gottfried. Il ne faut pas que tu te moques de moi, ni que tu dises du mal de moi aux autres. Mais ce que tu laisses dans ton assiette, je le finis sans que tu le saches. Et souvent je m'approche de tes pipes et je les renifle. Et alors je me dis : Quelle joie ce serait si le bon Dieu...

— Je n'en crois pas un mot ! cria Gottfried, en colère. Tu vas et tu couches avec d'autres, tu commets le péché avec eux ! Comment peux-tu prétendre que tu m'aimes ? »

Burga se taisait. Elle ne comprenait toujours pas cette étrange et inquiétante fantasmagorie, dans laquelle elle aurait pourtant dû voir clair à présent, car jamais Gottfried ne lui avait parlé ainsi. Elle attribua cette soudaine prolixité à l'effet bizarre de la pleine lune. Il y avait du reste à Eschberg une légende à laquelle elle croyait avec une innocence d'enfant : les nuits de pleine lune, disait-on, un ange unissait deux personnes et en séparait deux autres par la mort.

« Si tu veux vraiment être à moi, continua la voix dans l'obscurité, montre-toi. Mets-toi nue, montre ton beau corps, et je te croirai. »

À ces mots, Elias, qui était avec Peter derrière un buisson de houx, commença à balbutier. Peter resserra l'étreinte de sa main sur la nuque d'Elias afin que celui-ci ne gâchât pas le jeu.

« Je ferai ce que tu me demandes si tu me promets qu'avant la fin de l'année, tu seras mon mari », repartit calmement Burga.

Et Elias jura, avec la voix de Gottfried, il jura sur les saints, les apôtres et les âmes de tous les Lamparter défunts. Il semblait obéir aveuglément à Peter dont il répéta les paroles comme s'il était sous hypnose.

Burga entreprit de se déshabiller. « Mon corps n'est pas ce que j'ai à te montrer de plus beau ! » pensait-elle, et elle ne craignait plus la nudité. Elle enleva son fichu de ses épaules et le posa avec des gestes délicats sur une branche cassée. Elle défit son corsage avec tout autant de délicatesse : elle voulait plaire en tout à son Gottfried. Une rafale de vent chaud passa, qui balaya le sommet des arbres dans un bruissement calme et sourd. Burga ouvrit largement son corsage et les deux hommes en virent jaillir deux gros seins réguliers et soyeux. Puis elle se pencha en avant pour saisir ses jupons, et ses seins, en pendant, formaient deux poires mûres et charnues. La lune dansait sur ses tresses et les faisait scintiller comme des guirlandes de Noël. La lumière ruisselait sur ses épaules larges et blanches, caressait la peau lisse du dos, et une ombre fugace se logeait dans le creux par lequel il s'achevait. Elle saisit son premier jupon et l'enleva avec des gestes aussi calmes que si elle eût été seule. Elias vit ses seins se cabrer quand elle le passa par-dessus sa tête, et il vit les aréoles se durcir. Il en avait la bouche sèche et osait à peine respirer. La femme saisit son dernier jupon, le passa par-dessus la tête, et elle était nue. Elle resta immobile, les jambes serrées, les bras ballants. Sur ses mains, de fortes veines, et le triangle de son ventre fécond, lorsqu'elle respirait, se gonflait et se dégonflait.

Elias regardait, fasciné, le large bassin de la femme, et ne pouvait plus détacher ses yeux de la toison abondante de son sexe. Il n'entendait pas ce que les lèvres brûlantes de Peter lui soufflaient à l'oreille. Il ne recouvra ses esprits que quand Peter lui pinça le bras.

« Je ne te crois toujours pas ! s'écria Gottfried de derrière le buisson de houx. Il faut que tu subisses encore deux épreuves, et si tu les franchis avec succès, nous serons mari et femme avant la fin du mois. »

Burga se taisait patiemment.

« Une femme, dit Gottfried avec de longs silences,

doit être soumise à son mari en tout. Prouve que tu es capable de m'obéir !

— Je ferai tout ce que tu voudras ! dit Burga, confiante.

— Défais tes cheveux ! » commanda Gottfried avec une voix qui déraillait. Et tandis que Burga dénouait ses tresses, quelque chose de brillant vola à ses pieds. « Prends ce couteau et coupe-les ! » Burga n'hésita pas un seul instant et coupa ses cheveux. Tel était son amour pour Gottfried. « Et maintenant, dit la voix qui tremblait, couche-toi dans la boue ! Roule-toi dans la fange comme le fait la biche !

— Pourquoi me demandes-tu ces choses ? balbutia Burga, humiliée. Ça ne suffit donc pas ?

— Fais ce que je dis, ou tu ne seras jamais à moi ! » cria Gottfried.

Et la femme, nue, tomba à genoux, plongea les mains dans le marécage, salit sa figure se jeta ventre contre terre, se roula dans la fange et se mit à pousser de pitoyables et bruyants sanglots. Alors elle entendit soudain un rire dissimulé, s'interrompit et regarda, épouvantée, dans toutes les directions. Le rire devint alors tellement sonore que les falaises en renvoyèrent l'écho. Burga s'arracha à la fange et cria d'une voix désespérée : « Chiens ! Chiens ! » Mais elle ne pouvait plus que discerner deux ombres qui descendaient en courant vers la vallée. Elle se lança à leur poursuite, mais ne tarda pas à abandonner car le houx lui avaient mis les pieds en sang.

Elle était nue, rasée, et elle pleurait. Elle n'avait pourtant fait que croire à la légende qui voulait que lors de la pleine lune, un ange unît deux êtres qui s'aimaient.

« Voilà la femme ! brailla Peter, triomphant, quand il

fut sûr qu'ils avaient échappé à leur poursuivante. La femme est sotte, niaise. Elle est molle, elle est lâche. Et pour l'amour de l'amour, ajouta-t-il théâtralement, elle ne recule devant rien ! » Puis il s'approcha tout près de l'imitateur qui tremblait d'épuisement. « Pourquoi trembles-tu ? demanda-t-il avec méchanceté. Cette femme a mérité d'être traitée comme ça ! C'est une putain, tu l'as vu de tes propres yeux !

— Sainte Vierge, qu'ai-je fait ? » bégaya Elias, et il se mit à pleurer sans retenue. Peter prit dans ses mains la tête de son ami en larmes, la tint fermement et se mit à baiser les lèvres desséchées. Et ses mains caressèrent tendrement les épaules et la poitrine d'Elias et cherchèrent son sexe. « Ce serait bien, murmura obscurément Peter, si nous mourions ici, à cet endroit. » Puis il repoussa Elias dans un grand cri et disparut dans la nuit de la forêt.

Le crime perpétré sur l'innocente femme déchaîna en Elias d'affreux sentiments de culpabilité. Il cherchait refuge dans la prière et se privait, à force de litanies et de *Je vous salue*, du peu d'heures de sommeil qui lui restaient. Seulement, l'image de la femme nue sous les rayons de la lune, les seins en poire rebondis, la toison aux reflets d'argent ne le lâchaient plus. Il s'infligeait les pires tortures pour parvenir à les chasser, mais cette femme revenait toutes les nuits. Il chercha le pardon dans l'exercice de l'orgue, mais il fut effrayé de lui-même lorsqu'il dut convenir qu'il était devenu un autre. Il commençait à éprouver du plaisir à composer contre les lois de l'oreille. Il savait par intuition que les dissonances, si elles ne sont pas résolues, sont un péché, quelque chose d'interdit. Et comme il ne pouvait mettre de l'ordre dans sa vie, son jeu n'en devenait que plus riche en dissonances. Il avait découvert le péché et commençait à le savourer. Autrefois naïf, son jeu avait maintenant la force du démoniaque.

Et Burga ? Elle savait qu'il n'existait au village qu'une seule personne capable d'imiter les voix d'Eschberg. Elle soupçonnait aussi que la deuxième ombre était celle de Peter. Mais elle n'en dit jamais rien ni à l'un ni à l'autre, et ne les regardait même pas avec des reproches dans les yeux. À son cousin, elle mentit en prétendant que si elle avait coupé ses cheveux, c'était parce qu'ils étaient malades. Puis elle reprit patiemment sa vie quotidienne. Elle était ainsi.

Quand le dimanche, après le déjeuner, il fumait sa bouffarde, elle reniflait avec volupté la fumée du tabac, regardait son Gottfried, et elle était contente.

Les lumières de l'espoir

Pour la troisième fois déjà en ce dimanche de Laetare, Seff Alder poussa la porte de la chambre d'enfant où Elias était alité, fiévreux, les cheveux trempés de sueur et les yeux fixes, écarquillés. Seff prit sa respiration. L'air n'était ici qu'un brouillard formé par l'encens et la fumée des nombreuses chandelles de suif que la victime du mal d'amour faisait brûler pour apaiser ses souffrances. Seff se dirigea vers la table de chevet, poussa les Marie de plâtre, les petites statues, et déposa les quatre pommes de terre épluchées. Ainsi qu'un peu de fromage dont il avait lui-même enlevé la croûte. Cela semblait être la seule consolation qu'il pût offrir à son fils bienaimé. Ce n'était pas un orateur.

Mais, foutredieu, aujourd'hui, il fallait qu'il lui parle,

se disait Seff avec colère en voyant son fils dans ce misérable état. Aujourd'hui, il lui demanderait franchement pardon pour ce vieux crime commis sur Roman Lamparter. Il s'en sentait enfin le courage. Il s'agenouillerait même devant le garçon, si celui-ci le lui demandait. Il fallait lui dire qu'il n'était pas un véritable assassin. C'était Nulf, son frère, qui les avait incités à brûler le Lamparter vivant. Il fallait qu'il comprenne : cette nuit-là, la famille s'était retrouvée devant une ferme réduite en cendres, devant le néant. Il fallait qu'il le comprenne. Il n'était pas un véritable assassin... Seff se frappa le front et pressa trois doigts contre ses tempes. Si au moins cet affreux rire pouvait cesser dans son cerveau ! Ce rire atroce !

« La noire a vêlé », dit-il lourdement. Sa pomme d'Adam remontait, ses lèvres charnues remuaient à peine. « Un veau. Hier, après le rosaire. »

Elias restait immobile et fixait le lambris du plafond.

« Les gens parlent. À cause de l'orgue aujourd'hui. Ils demandent si tu es malade », dit Seff après un long silence. Son regard glissa le long du corps décharné qui ressemblait à un cadavre. « Mange ! Sont chaudes », dit-il en l'encourageant.

Elias pencha la tête de côté : il ne voulait pas manger. Seff remarqua que les yeux fixes se mouillaient tout à coup, et quand il vit couler une larme muette, il eut beaucoup de mal à réfréner celles qui montaient à ses propres yeux. Comment pouvait-on avoir tant de chagrin pour l'amour d'une femme ? se disait-il. Ce n'était pas bon, qu'un homme se laisse aller de cette façon-là. Il y avait déjà quatre jours qu'il était couché dans sa chambre, dans ce tombeau étouffant, qu'il ne prenait aucune nourriture, qu'il ne faisait plus l'école — tout cela à cause de cette Elsbeth. « Foutredieu, un homme, ça doit être fort ! » jura-t-il soudain à voix haute, et comme il ne pouvait plus supporter la vue de son fils qui pleurait en silence, il tenta de le consoler avec un pieux mensonge : « Elsbeth te souhaite un bon rétablissement », dit-il avec un accent qui ressemblait à celui d'une chaude tendresse. Au nom d'Elsbeth, il vit Elias fermer les paupières, comme si un médecin venait de lui donner le remède tant attendu. « Elle m'a souhaité un bon rétablissement », répéta-t-il, et les traits de son visage parurent s'apaiser. Le remède commençait à faire effet.

Seff sourit et continua à prodiguer au malade les plus énormes mensonges. Elsbeth, dit-il, était triste de ne plus entendre l'organiste. Pendant l'office, elle avait ouvertement levé la tête vers la tribune, elle s'agitait sur son banc, feuilletait son missel avec impatience et ne montrait aucun recueillement. Elle avait une mine déçue, comme d'ailleurs beaucoup d'autres aussi. Car sans sa merveilleuse musique, l'église était froide et désolée.

Tandis que Seff discourait, Elias se redressa dans son lit, fit bouffer son oreiller, le coinça derrière sa tête, s'y enfonça, et le feuillage sec à l'intérieur du coussin craquait agréablement. Lorsque Seff en eut fini, un long silence régna à nouveau dans la chambre. Mais Seff remarqua que l'étincelle de folie avait disparu des yeux du malade. En prenant des détours immensément pénibles, Seff finit par livrer tout ce qui le poursuivait et lui faisait mal depuis des années. Le père se confessait au fils. Ils se reparlaient enfin. Lorsque Seff en eut fini, le silence se fit pendant plus d'un quart d'heure. Tandis qu'ils se taisaient, Elias sentit remonter un souvenir d'enfance : n'était-ce pas le chapeau de son père, le

« chapeau d'étable » qu'il prenait et dont il reniflait, dans les nuits difficiles, l'odeur de cheveux, de sueur et de bétail jusqu'à ce qu'il se sentît consolé ?

Alors ils se regardèrent dans les yeux. Seff sentait qu'Elias lui avait pardonné. Son cœur bondit d'allégresse, et il était sûr que la migraine qui le torturait allait maintenant prendre fin. Depuis ce dimanche de Laetare rayonnait dans les yeux de Seff la tranquille lumière de l'espoir. Le temps du dos à dos était passé. Le temps de la paix était venu.

À présent, Seff travaillait à nouveau avec plaisir, avec joie : les migraines cessèrent effectivement. Le rire aussi lui semblait s'affaiblir, comme si le mort avait enfin trouvé le repos. De ce moment, Seff caressa l'idée de rénover et d'agrandir la ferme. Au printemps, il irait à la foire aux bestiaux de Hohenberg, et il y ferait l'acquisition de deux bœufs et d'une vache. Et puis, la grange à foin devrait être réaménagée et l'étable à cochons agrandie, car, en plus des deux bovins, il achèterait deux truies déjà grosses. Sur le pré de la maison, il faudrait planter des pommiers et des poiriers, c'était une affaire rentable pour l'avenir. On pourrait vendre le cidre à Martini, de Dornberg, et les gens de la ville, c'est ce qu'on disait partout, achetaient à bon prix...

Quelques semaines plus tard — le printemps de 1825 était arrivé —, Seff Alder disparut. Le dernier renseignement que la Seff put donner était qu'il avait vaguement déclaré aller à la jeune futaie pour laver les petits sapins. Les paysans élargirent les recherches, parcoururent même la forêt dans toutes les directions en descendant jusqu'à Goetzberg. Mais Seff Alder ne fut pas retrouvé. Comme, au quatrième jour, on revenait encore bredouille, les habitants d'Eschberg formèrent huit équipes de deux hommes chacune qui devaient ratisser systématiquement la région, du Kugelberg jusqu'au commencement de la vallée. L'après-midi du même jour, Philipp jouait avec son petit chat sur la prairie située à l'est de la ferme Alder. Le petit chat bondissait comme sur des ressorts en poursuivant un orvet qui brillait dans la direction de la remise à bois. C'est là que le mongolien trouva son père. Celui-ci, effondré sur lui-même, était appuyé contre le billot ; le coin droit de sa bouche pendait mollement, de la salive en coulait, l'épaule droite était descendue, la main droite était bleue, immobile. Mais dans les yeux brillait encore la tranquille lumière de l'espoir. Philipp dansa autour de son père en émettant des sons et en poussant des cris de joie, se mit à rire et voulut jouer avec lui. Fritz, le fils aîné, qui s'apprêtait justement à partir en campagne avec Lukas Alder, vint prendre son père. Seff avait eu une attaque. Il avait alors quarante-huit ans, et la moitié de son corps resta paralysée jusqu'à la fin de ses jours. Fritz, dont on ne rapporte aucune parole, continuait à se taire.

Aucun espoir n'a de sens. Que personne n'ait l'idée de vouloir que ses rêves s'accomplissent. On doit, bien au contraire, comprendre combien l'espoir est folie. Et lorsqu'on l'a compris, on peut alors espérer. Si l'on peut encore rêver, la vie a trouvé un sens.

Dans les yeux d'Elsbeth aussi brillait à cette époque la tranquille lumière de l'espoir. Elle avait passé son dix-septième anniversaire, et elle était joyeuse et contente comme jamais dans sa vie. Elle se mit à faire des broderies sur damas et ne tarda pas à découvrir la grande habileté de ses doigts. Elle commença par travailler pour l'amour de Dieu, allant jusqu'à donner ses superbes châles et nappes. Puis Peter la contraignit à aller vendre sa marchandise à Goetzberg pour que cela fût rentable. Bien que rien ne lui revînt de l'argent que cela rapportait, elle était satisfaite. Les exclamations des femmes de Goetzberg — « Joli ! Joli ! », « Oh, que c'est élégant ! » — lui suffisaient comme salaire.

En ces temps-là, la jeune fille songeait beaucoup aux choses de l'amour, car son cœur en était rempli. Elias, qui avait toujours pesé chacun des mots qui tombaient de la bouche d'Elsbeth, y vit un signe que sa propre vie s'accomplirait. Bien qu'ils fussent liés par une amitié intime, ils se dissimulaient les mouvements les plus importants de leurs cœurs. C'était là un caractère typique des Alder, et même, peut-on ajouter à bon droit, des gens du Vorarlberg. Jamais un Alder n'aurait avoué à quelqu'un qu'il l'aimait. Tout devait se produire sans qu'une parole fût prononcée, et, si tel était le cas, il ne s'agissait que d'allusions et de demi-mots. Ces êtres étaient muets, muets jusqu'à la mort.

Nous aimerions, d'une main courroucée, saisir par les épaules ce personnage noir et sec, aux yeux jaunes, errant dans la fièvre, et lui crier à la figure : « Mais parle donc enfin ! Dis-lui dans quel état tu es ! Il vaut mieux savoir la vérité que de rêver dans le mensonge ! » Cela ne servirait à rien. Quand bien même nous le supplierions au nom de son génie, il ne nous répondrait que par un douloureux sourire, car il ne sait justement pas quel musicien grandiose il est. Et s'il le savait, cela ne servirait toujours à rien. Il nous lancerait des regards mauvais et nous demanderait sur un ton plein de reproche : « L'amour n'est-il pas plus important que le plus grand génie de ce monde ? » Nous resterions sans voix. Et puisque nous le savons, nous nous abstenons de le saisir, d'une main courroucée, par les épaules.

Il se trouva qu'Elias conduisit ses bœufs et sa charrette à Goetzberg, où les habitants d'Eschberg lui avaient donné mission d'aller acheter du sel, du pétrole de lampe, de la mercerie et des épices. C'était auparavant Michel-le-Charbonnier qui faisait cet office, mais il s'était avéré qu'il avait détourné quelques liards. Aussi lui avait-on interdit de conduire dorénavant la charrette à Goetzberg. Il se trouva qu'Elsbeth, elle aussi, voulait le même jour se rendre à Goetzberg pour y proposer ses nouvelles broderies. C'était un froid matin de mai. Sur les ubacs, on voyait un Lamparter faucher la première herbe, bien maigre — c'était assurément beaucoup trop tôt, mais les réserves de l'hiver étaient épuisées et les bêtes avaient faim.

Elias, en redingote noire, était occupé à atteler les bœufs lorsque la jeune fille vint à lui. Sa beauté, ce matin-là, était tellement ineffable qu'il sentit une fois encore son cœur battre dans ses doigts. Elsbeth avait dénoué ses cheveux couleur de feuilles d'automne, sur ses lèvres brillait le soleil du matin, ses yeux étaient petits, pleins de sommeil. Son visage, bien qu'il eût un teint foncé, était d'une pâleur inhabituelle. Elias le vit et lui demanda avec insistance si elle se sentait assez bien pour entreprendre véritablement le voyage de la vallée. Il parlait tout bas, chuchotait presque. C'était une habitude qu'il avait gardée de son enfance, car le matin son ouïe était sensible à l'extrême. Que n'avait-il pas souffert quand la Seff, dès l'aube, s'affairait dans la cuisine au milieu d'un tintamarre d'ustensiles et de voix !

« Loué soit Jésus-Christ », dit Elsbeth sans répondre à ses questions. Elle posa sa corbeille par terre et serra sur ses épaules son plaid de laine grise. « Je peux monter ? »

Elias répondit à son salut. On s'installa sur le siège et l'on partit. Les essieux grinçaient, les bœufs fumaient. Elias et Elsbeth n'échangèrent pas plus de deux mots. C'était sans doute, eût-on pu croire, l'effet de l'heure précoce, où les pensées de la veille ont encore à se rassembler autour du jour qui commence. Mais il en allait autrement.

En ce temps-là, Elias avait déjà cessé d'espérer en Elsbeth. Au village, en effet, le bruit avait couru que des noces seraient bientôt célébrées à Eschberg. Ce n'était pas la mauvaise langue Lamparter qui avait mis ce bruit en circulation, non, c'était Nulf Alder lui-même. Il voulait en effet Lukas Alder pour gendre. Lukas Alder était originaire de la ferme la plus riche d'Eschberg. C'était un homme massif, mais non point vulgaire, ni même grossier. Il y avait déjà quelques années qu'il fréquentait ce qui était désormais la ferme de Peter, mais il serait faux de prétendre qu'un amour passionné avait vu le jour entre Elsbeth et lui. Non, au fil des ans, la jeune fille s'était accoutumée à suivre les désirs de son frère. Et elle s'accoutuma pour ainsi dire à la pensée d'être un jour l'épouse légitime de Lukas Alder. Lorsqu'elle y fut parvenue, elle l'aima.

Elias, sur le siège, restait silencieux, fermé au monde et à Elsbeth.

C'était tout de même un curieux garçon, lorsqu'on le regardait, songeait Elsbeth pendant le trajet. Il y avait maintenant bien des années qu'elle le connaissait, mais elle ne savait, au fond, rien de lui. Avait-il en secret une liaison ? Non, il était beaucoup trop convenable pour cela. Dame, c'était une sorte de vrai savant, qui se souciait comme d'une guigne des choses de la vie quotidienne. On n'aurait pu en dire autant de Lukas. Celui-là avait les deux pieds sur terre. Encore qu'elle n'eût pas été fâchée de le voir s'occuper un peu plus d'elle-même et un peu moins de l'élevage de ses bêtes. Mais, diantre, il le fallait, disait sa mère. Et ce n'était pas faux : Lukas était bon avec les bêtes. Jamais elle ne l'avait vu en frapper ou en insulter une.

Elias, sur le siège, restait silencieux.

Ah ! oui, l'amour, se chantait-elle intérieurement, l'amour était une chose bien triste. Il faisait rire la bouche, mais le cœur était une forêt sombre. Et elle leva le visage au ciel, cligna des yeux vers les feuilles de la forêt mixte, d'un vert cru, qui défilaient tranquillement au-dessus de sa tête, et serra brusquement les paupières quand le soleil éclatant vint parsemer son visage de taches de lumière. Elle garda les paupières fermées et imagina comment cela serait si Elias, maintenant, lui demandait sa main. Peut-être n'avait-il aucune affection pour elle ? Et puis elle n'était pas un bon parti, elle n'hériterait de rien. Oh ! il lui dirait assurément de belles choses. Il serait là bien droit devant elle, la regarderait dans les yeux, il la verrait rougir. Son tact lui ferait d'abord garder le silence, et ce ne serait qu'au moment où l'on s'y attendait le moins qu'il demanderait : « Mademoiselle Elsbeth, voulez-vous être ma femme ? » Assurément ses mains accompagneraient ses paroles de gestes élégants. Mais quelles sottises n'allait-elle pas imaginer ! Et Elsbeth rouvrit les paupières.

Elias, sur le siège, restait silencieux.

Diable, il était bien trop timide. C'était aussi ce que disait sa mère. Et un homme devait être hardi, courageux, se frayer un chemin dans cette vallée de larmes. Voilà ce que disait son père. Et que, du reste, une malédiction pesait sur la lignée de son frère. Tous les enfants y étaient de constitution fragile et de tempérament instable. C'était sans doute héréditaire, pensait Nulf Alder. Et pourtant, elle en était certaine, Elias serait pour elle un bon mari, fidèle. On ne pouvait jamais savoir, mais elle le croyait bien. S'il n'avait pas ce signe inquiétant, avec ses yeux ! Et puis il faudrait tout simplement qu'il soit un peu plus décidé, un peu plus fort dans la vie. Là, il y aurait déjà longtemps qu'elle lui aurait fait comprendre, indirectement — comme font les femmes, parbleu —, qu'elle le voulait. Dieu soit loué, Lukas était bien différent. Ce qu'elle avait vécu avec lui après la kermesse, ça lui avait donné tellement soif ! Après tout, elle n'était qu'une misérable femme, et elle n'avait que les misérables sentiments d'une femme. Mais celui-là n'y comprenait rien. Non, Elias Alder n'était pas un homme. Elle le voyait bien — hélas !

Elias, sur le siège, restait silencieux.

On aurait dit qu'il voulait vivre sans femme. Il serait fait pour être quelque chose dans l'Église, prélat, ou même, pourquoi pas, évêque. S'il en arrivait vraiment là, elle serait obligée d'aller à pied à Feldberg, pour assister à sa consécration. Et puis elle s'agenouillerait devant lui, baiserait l'anneau qu'il aurait au doigt et se dirait en elle-même : « C'est Elias Alder. C'était mon ami. »

Tandis qu'elle passait le temps en agitant ces sortes de pensées, elle eût tout à coup un bizarre étouffement. La bouche ouverte, elle prit trois fois une grande bouffée d'air, puis son visage devint pâle comme celui d'un cadavre et elle tomba en avant, inconsciente. Elias, qui recouvra brusquement ses esprits, eut tout juste le temps de la retenir par les cheveux. Mais la tête d'Elsbeth alla heurter l'arête du garde-pieds. Elias lâcha les guides, tira la jeune fille pour qu'elle ne tombât pas sous les roues, lui entoura le cou de ses bras et serra contre lui de toutes ses forces le corps inanimé. « Elle est malade ! » allait-il s'exclamer, mais il n'en eut pas le temps.

Pour la deuxième et dernière fois de sa vie, le cœur d'Elsbeth était sur son propre cœur, et les battements du cœur d'Elsbeth se confondaient avec les battements de son propre cœur, aussi parfaitement, avec la même unité que le jour où, à cinq ans, il avait vécu cela dans le lit de l'Emmer. Et Johannes Elias Alder poussa une fois encore le même hurlement épouvantable, comme s'il allait mourir en pleine conscience. Et sa pusillanimité fut démentie, et il déborda d'espoir, et il cria vers le bleu profond du ciel qu'il ne pouvait plus vivre sans Elsbeth. Oh, comment avait-il pu douter une seule seconde qu'Elsbeth lui était destinée par Dieu !

Il enfouit la tête de la jeune fille entre ses mains infiniment tendres, et quand elle se réveilla, il dissipa ses questions embrouillées en la berçant d'un : « C'est bien, Elsbeth, tout va bien. » Puis il l'allongea sur le grossier sac de gruau qu'il avait emporté pour les bœufs, fit demi-tour et reprit le chemin d'Eschberg en veillant constamment à ne pas rencontrer de trou, de pierre ou de racine. Tout en conduisant, il se demandait s'il ne vaudrait pas mieux rompre son serment et suggérer avec précaution à la jeune fille, dès qu'elle serait guérie — au bout d'un considérable laps de temps, bien entendu —, qu'il l'aimait et voulait la prendre pour femme. Il l'envisageait sérieusement, car son courage avait retrouvé force.

Quelque dix semaines plus tard, par une lourde soirée de juillet où tout, à Eschberg, sentait le foin séché, Peter se glissa jusqu'à la ferme de Seff Alder et jeta un petit caillou contre la fenêtre de la chambre du garçon. Il lui fallait, annonça-t-il, parler d'urgence à son ami. Elias le fit monter sur-le-champ. Peter lui dévoila alors qu'Elsbeth était enceinte, de Lukas Alder, et que lui, Peter, désirait ardemment qu'Elias tînt l'orgue à la messe de mariage. Il était venu pour le lui dire de vive voix, avant qu'Elias ne l'apprît d'autres bouches.

Mais en vérité, Peter était venu pour voir les yeux d'Elias, pour savoir quelle lumière y brillerait à cette nouvelle. Et Peter vit qu'ils s'éteignaient quelques instants.

À présent, Elias avait la certitude définitive que son espoir n'avait eu aucun sens. À présent, il était forcé d'admettre que Dieu l'avait trompé, tout au long de sa vie. Alors il résolut de passer une nouvelle nuit dans l'église. Il y alla et, en criant de toutes ses forces, il tua Dieu en lui-même.

Dieu a peur d'Elias

La porte de l'église fit un tel bruit de tonnerre en se refermant que le vacarme se transmit aux lustres de ferronnerie et les fit chanter. Ou bien était-ce l'écho d'un rire déchiré de douleur qui les mettait en mouvement ? Quand il eut verrouillé la porte, sa douleur ne connut plus de mesure, et il partit d'un rire épouvantable, comme celui du diable enfin sûr d'avoir conquis ce monde. Son cœur était aussi noir que l'intérieur de la nef, et la lampe de l'Espoir qui tremblotait anxieusement dans le chœur de l'église n'était plus pour lui qu'une mèche froide et brisée.

Il plongea deux doigts dans le bénitier, les lécha, les replongea et les lécha à nouveau. Puis il avança d'un pas sauvage et lourd, sauta la balustrade du chœur qui lui arrivait à la hanche et s'arrêta devant le tabernacle. Il n'avait toujours pas cessé de rire. Brusquement, il eut l'impression de n'être pas seul dans l'église. Il se tut d'un seul coup, se retourna sans peur et scruta l'obscurité de la nef. Il restait immobile, écoutant, la bouche entrouverte, épiant, sans rien entendre cependant ni rien distinguer. Il se retourna à nouveau, tira l'amadou de la poche de sa redingote, alluma les cierges de l'autel, puis tous les cierges qu'il put trouver dans l'église. Il fallait qu'il fît clair, pour que Dieu pût le voir quand il allait s'adresser à lui. Quand il eût enflammé le cierge de la dernière station du chemin de croix, il revint au tabernacle, toucha des deux mains le bois sculpté, se caressa le visage, puis resta longtemps immobile. Son visage devenait de plus en plus sombre, et les veines saillaient sous la peau de son front.

« Dieu, par ma vie, où es-tu ? » laissa éclater sa bouche, qui cria, qui cria indéfiniment cette question. Et quand il se fut cassé la voix à force de crier, les doigts de ses deux mains se raidirent, se crispèrent les uns contre les autres dans une parodie du geste de la prière. Il tomba à genoux, et c'est alors seulement qu'il put parler avec plus de calme.

« Grand et puissant Dieu, commença-t-il d'une gorge enrouée, ô Toi créateur des hommes, des animaux, du monde et de tous les astres — Pourquoi m'as-Tu créé, moi, Johannes Elias Alder ? N'est-il pas dit dans l'Écriture que Tu es parfait ? Mais si Tu es parfait et bon, qu'étais-Tu obligé de créer la misère, le péché et la douleur ? Pourquoi Te repais-Tu de mon malheur, de la malformation de mes yeux, du chagrin que me cause mon amour ? »

Son regard restait accroché à la porte du tabernacle, couverte de petites perles.

« Pourquoi m'humilies-Tu ? M'as-Tu créé à ton image ? Alors, humilie-Toi Toi-même, Antidieu ! »

Son regard plongea vers le sol.

« Je n'ai plus rien à perdre, et ce que j'ai perdu, je ne l'ai jamais possédé. Et pourtant, Ton souffle a inoculé à mon âme quelque chose qui me semblait être le paradis. Tu m'as empoisonné. Comment, grand Dieu puissant et omniscient, comment peux-Tu Te complaire à me refuser le bonheur de ma vie ? N'es-Tu pas le Dieu d'amour ? Alors pourquoi ne me laisses-Tu pas aimer ? Pourquoi a-t-il fallu que mon cœur s'embrase pour Elsbeth ? Penses-Tu peut-être que j'ai choisi Elsbeth de ma propre volonté ? C'est Toi qui m'as conduit à elle. Et j'ai obéi, car je pensais que telle était Ta volonté. Ô, Toi, Dieu de puissance ! Quoi ? Peux-Tu Te divertir de me voir errer ? »

Ses yeux retrouvèrent l'éclat d'une rage mauvaise. Il se redressa, s'approcha du tabernacle et se remit à crier. Il ne sentait pas la douleur dans sa gorge.

« Je suis venu Te maudire ! Je suis venu en finir avec Toi ! Tu n'es pas un dieu d'amour ! L'amour ne Te suffisait pas ! Il a fallu que Tu crées la haine, que Tu engendres le mal ! N'est-ce pas Toi qui as créé l'ange Lucifer ? Tu as mis en lui le germe du mal ! Et si l'ange est tombé, c'est parce que Tu l'avais voulu, de toute éternité !

« Ainsi, dit-il avec un mépris insondable, entends ce que j'ai à Te dire (et il se pencha en chuchotant vers la porte du tabernacle, dont sa tête était maintenant tout près) : si, dans Ta grande magnificence, Tu nous as donné, à nous, les hommes, le libre arbitre, moi, Johannes Elias Alder, je veux goûter à cette liberté. Sache que je n'accepterai pas mon malheur. Sache que je ne cesserai pas d'aimer Elsbeth. Sache que je m'oppose à Tes décrets. Sache que tu ne peux m'infliger de plus grandes souffrances que celles que Tu m'as déjà infligées. Désormais Ton pouvoir n'aura plus d'effet sur moi. Et si moi, Johannes Elias Alder, je disparais, ce sera par ma volonté, et non par la Tienne ! »

Lorsqu'il eut dit ces mots, il pensa en un éclair à mettre fin à ses jours. Dans cette misérable existence, songeait-il avec colère, pas un de ses désirs n'avait été exaucé. Il n'avait pas eu d'enfance, ses parents avaient peur de lui et l'avaient repoussé. Quand, prématurément, il était devenu un homme, on ne lui avait pas permis d'aller apprendre à Feldberg le métier de musicien. Il avait dû savourer en secret son amour de la musique, s'asseoir à l'orgue comme s'il eût été un dévaliseur de troncs, avec la peur constante d'être découvert. Combien de fois n'avait-il pas supplié feu son oncle Oskar de lui enseigner la musique ! Même ce souhait était resté lettre morte. Tout cela, il l'aurait accepté, si Dieu ne l'avait pas si cruellement grugé dans le domaine de l'amour.

Tandis qu'Elias parlait ainsi, il se produisit quelque chose d'étrange. Nous ne saurions dire si c'était son esprit vivement halluciné qui perçut cette chose étrange, ou si elle eut vraiment lieu. Car soudain il eut à nouveau l'impression qu'il y avait quelqu'un d'autre dans la nef de l'église. Il sentait une force indistincte, une sorte de chaleur vivante, et même quelque chose comme une brûlante ardeur qui se propageait régulièrement à sa nuque et à ses épaules et finit par irradier tout son dos. Au même instant, il entendit un son léger, mais fantomatique. Un doux tapis fait d'innombrables notes emplit la nef, et Elias eût dit que ces notes étaient toutes soufflées par la même bouche. Puis la bouche se tut, et les sons s'éteignirent, et la bouche reprit, et l'air se remplit à nouveau de vibrations d'une infinie suavité.

Quelqu'un jouait de l'orgue. Elias Alder se retourna. Quand il vit ce qui se passait dans la nef, son cœur faillit s'arrêter de battre.

Certes, le phénomène de ces sonorités mystérieuses pouvait trouver, après-coup, une explication relativement plausible : la dernière fois qu'il avait touché l'orgue, Elias avait oublié de repousser les registres. De plus, la fenêtre de la tribune, du côté nord, était restée ouverte, et c'est ainsi qu'une forte rafale avait sans doute pénétré dans les porte-vent et mis en vibration les colonnes d'air des tuyaux. Mais ce que nous ne pouvons pas expliquer, c'est ce qu'Elias voyait à présent.

« Qui es-tu ? souffla-t-il de ses lèvres livides en fixant un regard désarmé sur les bancs qui se trouvaient vers le milieu, du côté de l'Évangile. Qui es-tu ? » exhala-t-il une seconde fois, et il avait les lèvres qui tremblaient de peur. Les douces plaintes de l'orgue s'enflaient et retombaient, et l'ombre démesurément longue des sculptures du chemin de croix vacillaient sous la lumière mouvante des chandelles. « D'où viens-tu ? » demanda Elias d'une voix cassée où résonnait son angoisse mortelle.

Un rai de lumière pâle et jaunâtre passa sur la tête bandée de l'enfant et tomba sur ses épaules étroites et nues, car sa veste au tissage grossier était en lambeaux.

« Qui que tu sois, je ne te crains pas ! » dit Elias, les

yeux écarquillés. Les battements de son cœur reprirent peu à peu le rythme qui lui était propre. Quand il se fut ressaisi, il se dirigea vers le cierge pascal, le retira du chandelier, passa par-dessus la balustrade et s'approcha prudemment du banc où était recroquevillé l'enfant en haillons et à la tête bandée. Il vit qu'il tenait quelque chose dans ses petites mains, avec quoi il jouait. Comme il baissait brièvement la tête, Elias crut voir sur sa tempe des taches noires de la grosseur du poing. Plus il s'approchait, plus était sensible la chaleur qui semblait émaner de l'enfant. C'était une chaleur mystérieuse qui irradiait de l'intérieur, le rendait inexplicablement heureux et comblait l'âme d'une paix magnifique. Elias n'osait plus faire un pas. Il leva légèrement le cierge, et il vit l'apparition dans sa totalité.

C'était un enfant dont il n'avait jamais vu le visage à Eschberg. Assis, il jouait avec un missel. Il le feuilletait, en palpait avec curiosité le papier rugueux, tournait à nouveau les pages, mettait le volume à la bouche, plantait ses petites dents dans la reliure de cuir, et recommençait à tourner rapidement les pages. Elias observait ce manège en silence, et il sentait en lui une inexplicable paix. Il regarda la tête de l'enfant. Elle était enserrée par un bandage de toile, et sur la tempe gauche s'étalait une large tache noire qui ressemblait à du sang séché. Elias regarda ce corps sans défense, couvert de haillons bruns. Il vit ce corps trembler de froid, et il vit qu'il était rongé par sa blessure. Puis il découvrit une anomalie mystérieuse : l'enfant n'avait pas de nombril.

« Es-tu Dieu ? » demanda-t-il, ayant retrouvé sa voix. L'enfant leva la tête vers Elias et le regarda. Et la lumière dont rayonnaient les grands yeux sombres de l'enfant enveloppa Elias d'une sérénité hypnotique.

« Seigneur, donne-moi le repos éternel, balbutia Elias, stupéfait, et que la lumière perpétuelle m'éclaire. » Et Johannes Elias Alder reconnut l'enfant.

Il ressentit une nostalgie indicible pour la beauté dont rayonnaient ces yeux pleins de mystère, et il voulut au moins toucher les petits pieds nus. Mais lorsqu'il étendit la main, le corps de l'enfant se déchira. La bouche s'ouvrit dans la douleur, voulut parler, mais n'y parvint pas. Elias vit alors les taches noires sur la tempe se mettre à briller et une auréole humide se former autour d'elles. La blessure commençait à saigner. L'enfant faisait toujours d'immenses et douloureux efforts pour parler, mais il n'y arrivait pas. Et quand il eut enfin refermé la bouche, du sang s'échappa de ses lèvres. Elias tendit encore la main vers l'enfant, lentement, dans un geste infiniment tendre. À nouveau le corps se déchira, à nouveau la bouche tenta de parler.

Elias sentit alors qu'il ne devait pas toucher l'enfant. Et soudain, ses forces l'abandonnèrent : il s'effondra, inconscient, sous le poids de la nostalgie.

Il resta allongé entre les bancs jusqu'au lendemain matin, où Michel-le-Charbonnier le découvrit et le secoua. Lorsque Elias ouvrit les yeux, Michel laissa échapper un cri : les prunelles d'Elias avaient perdu leur couleur. Le jaune cru avait cédé la place à un vert sombre, un vert semblable à celui des pâturages quand la pluie tombe d'un ciel noir. En vérité, les prunelles d'Elias Alder avaient retrouvé leur couleur. Mais cela, Michel ne pouvait pas le savoir.

Cette nuit-là, raconta plus tard à son garçon la Seff, éclatante de bonheur, le père hémiplégique s'était brusquement réveillé. Il s'était levé et, soudain, il avait pu parler. Cela avait duré plus d'une demi-heure. Et elle jurait par Dieu et par tous les saints que ce n'était pas une vision.

Au loin

Le retour de leur couleur naturelle dans les yeux d'Elias n'était que le signe visible de ce dont il avait été le théâtre en cette nuit mystique. Mais l'enfant blessé avait fait naître un autre signe, d'une bien plus grande importance : l'amour s'était éteint en lui. Son cœur était brusquement délivré de cette nostalgie affreuse. Elsbeth lui était devenue indifférente.

Si l'on ouvrait inopinément une porte, il ne sursautait plus avec une excessive nervosité. S'il voyait de loin une femme approcher de la ferme, son pouls ne s'accélérait plus. S'il entendait, la nuit, des femmes rire près de la fontaine, il ne cherchait plus à distinguer le rire d'Elsbeth. Il était délivré.

Mais être délivré, c'est reconnaître qu'aucune vie n'a de sens. La vie des grands génies de ce monde nous l'enseigne. Quand il fut délivré, Jésus n'éprouva plus aucun désir de continuer à œuvrer en ce monde. Il partit et ne revint jamais. Les saints du Bien et du Mal, les tyrans de l'humanité, quand ils eurent accompli leur œuvre, cherchèrent ou trouvèrent la mort avant l'heure. Nous ne plaçons pas notre héros au rang de ces saints. Mais le même destin lui était réservé : il cherchait à mourir.

Il voulut paradoxalement mourir à un moment où, vue de l'extérieur, sa vie commençait à prendre un cours ascendant. Pendant les mois d'été de l'année 1825 — c'est l'année de sa mort —, une heureuse comète sembla changer sa destinée. Cet été-là, qui fut riche en événements, le *cantor* Bruno Goller, organiste de la cathédrale de Feldberg, découvrit le génie de notre musicien. Comment cela fut-il possible et comment cela se produisit-il ? C'est ce dont notre petit livre, dans les chapitres qui suivent, va porter témoignage.

Commençons par essayer de nous transporter dans l'âme d'Elias au moment où, assis à la console de l'orgue, il accompagne de sa musique la messe de mariage d'Elsbeth ! Car il avait accédé au désir, exprimé du fond du cœur, que ce fût lui qui tînt l'orgue pour ses noces. À cette époque, on se mariait traditionnellement en noir, et c'est ce que l'on fait aujourd'hui encore dans le Vorarlberg, considérant que même le mariage ne doit pas être un jour de joie, car c'est par la joie que le péché est entré dans le monde. De fait, le noir était alors le bon ton pour les noces. On se mariait rarement par amour. Néanmoins, Elsbeth était une promise heureuse. La jolie jeune fille au nez épaté était agenouillée, rigide, au banc des promis, et ne se permettait que çà et là de jeter à Lukas un furtif regard de côté. Elle voyait alors un visage satisfait, sur lequel la satisfaction mettait même une mollesse un peu niaise. Cela confirma Elsbeth dans le sentiment que Dieu, dans Sa sagesse, l'avait très justement conduite vers ce brave homme. « Et c'est d'ailleurs vrai, pensait-elle, que Lukas est bon pour les animaux. Je ne l'ai jamais vu en frapper ou en insulter un. »

Elias inventa une musique mesurée, très savante, mais parfaitement impassible — la musique d'un organiste pour qui les mariages sont monnaie courante et qui ne prend aucune part à l'événement. Il se souvenait du temps où il érigeait sur le mètre des battements du cœur d'Elsbeth de somptueuses cathédrales de sons. Une lointaine sympathie pour la jeune fille lui fit envisager de reprendre ce principe au postlude. Il rentra en lui-même, écouta, mais ne fit guère d'effort particulier pour retrouver ce mètre, abandonna l'idée et construisit le postlude le plus spirituel du monde sur la mélodie d'une berceuse. Il y coucha le souhait modéré que l'enfant d'Elsbeth fût sain de corps et d'âme. Quand par la suite, sur le parvis de l'église, tout le monde se pressa pour serrer la main au jeune couple, Elias se fraya un chemin et tendit à Elsbeth une main chaleureuse, saine et forte. Il alla même jusqu'à plaisanter et chuchota tout bas, de manière que personne ne pût entendre : « Quand viendra le baptême, il faut que vous me preniez comme parrain.

— C'est promis, dit Lukas, mais Elsbeth objecta aussitôt qu'il ne pouvait pas faire deux choses à la fois, tenir l'orgue, et l'enfant sur les fonts baptismaux.

— Et pourquoi pas ? dit Elias en riant. Je jouerai, puis je descendrai à la course pour participer au sacrement, je me précipiterai de nouveau à l'orgue, je redescendrai à toute allure, et ainsi de suite. »

Tous éclatèrent de rire en imaginant la situation — Elias plus encore que les autres. Elsbeth le regarda brièvement dans les yeux, dont la nouvelle lueur ne lui était pas encore familière.

À cet instant, une ombre de mélancolie passa sur le visage de la jeune mariée. Peut-être n'était-ce qu'une illusion, car nous ne comprenons vraiment pas pourquoi ces deux êtres ne se trouvèrent jamais. Aussi, nous prions le lecteur de croire avec nous qu'une ombre mélancolique passa sur le visage d'Elsbeth.

« Est-ce encore Elias ? se demandait nerveusement

Peter. Comment peut-il avoir l'air si réjoui et lui tendre la main en plaisantant ? » Peter ne comprenait plus son ami. Quand ensuite, lors du banquet, Elias imita les voix d'Eschberg au milieu de l'hilarité générale, Peter sentit presque monter en lui de la colère. Il restait assis là, le visage rouge et figé, et il plantait les ongles dans la nappe de lin.

« Quel menteur tu fais ! » lui reprocha-t-il lorsqu'ils regagnèrent leurs fermes aux premières lueurs de l'aurore. Elias le regarda, ébahi. « Alors tout d'un coup, elle ne représente plus rien pour toi ! Tu ne l'as jamais aimée ! ajouta-t-il avec une passion mauvaise.

— C'est très bien ainsi, dit Elias en bâillant.

— Rien n'est bien, non ! cria Peter, en rage.

— Mais qu'as-tu donc à t'emporter, mon ami ? dit Elias sur un ton apaisant. J'ai reconnu qu'Elsbeth appartenait à un autre. Le monde est ainsi fait. Nous autres, pauvres hommes aveugles, ne pouvons que chercher les traces des voies de Dieu. Il ne nous est pas donné, dans ce monde, de faire davantage.

— Tu n'as jamais vraiment essayé, dit Peter, abattu, Tu n'as jamais été assez viril pour lui déclarer ton désir.

— Et toi, l'as-tu jamais fait ? demanda Elias avec lassitude. M'as-tu jamais déclaré ton désir ? »

Peter garda le silence et quitta son ami sans le saluer.

Dans les semaines qui suivirent, Elias dut reconnaître que plus rien ne suscitait en lui ni envie ni passion. L'école l'ennuyait, qu'il avait tant plaisir à faire jusque-là, et il supportait mal les cris des enfants. Lorsqu'il s'éveillait, le matin, il était fatigué et le restait la moitié du jour. Cela n'était pourtant pas dans ses habitudes. Autrefois, il était vif dès qu'il se levait, allait à la fenêtre contempler le jour nouveau, et il éprouvait de la joie.

Les matins d'été à l'éclat jaune, au magnifique parfum, n'éveillaient plus aucun intérêt chez lui, et le matin n'était plus le symbole d'un espoir nouveau. Tout lui paraissait vide, déjà vu, périmé. Son cœur avait vieilli. Il avait perdu ses sucs, comme une pomme sèche, trop ancienne, sur le foyer de sa mère.

Aussi décida-t-il, avec le peu de courage qui lui restait encore, de faire une dernière fois revivre l'ancien temps. Il revint sur les lieux de ce qui avait été sa passion, essaya de retrouver dans le parfum des prairies la force d'autrefois, mais n'éprouva rien d'autre que de la fadeur et de l'ennui. « Tu ne l'as jamais aimée. » L'accusation de Peter ne voulait pas quitter ses oreilles. « Ne l'ai-je vraiment pas aimée ? se demandait-il en mâchonnant une tige d'oseille. Et si je recommençais à aimer ? Et si je combattais vraiment le plan de Dieu ? Même la passion la plus désespérée est plus facile à souffrir que l'absence de toute passion. »

Tandis qu'il dialoguait ainsi avec lui-même, un papillon blanc vint se poser sur son avant-bras. Un autre ne tarda pas à descendre, en une danse infiniment légère, de l'air bleu qui bourdonnait. Puis ils entremêlèrent leurs pirouettes et s'éloignèrent capricieusement. Elias se souvint de la première nuit qu'il avait passée secrètement à l'orgue. Il se souvint de la première composition de sa vie, lorsqu'il avait inventé une mélodie sur la mélodie d'un chant de Noël — en pensant justement à l'image de deux papillons qu'il avait suivis un jour, enfant, d'un œil rêveur. Il eut envie de pleurer. Il voulut pleurer et en fut incapable. Il quitta le matelas d'herbe, gagna le sentier et se jura de tenter une dernière fois l'aventure de l'amour. Il voulait en retrouver les images, les odeurs, les espoirs dans toute leur ancienne force.

C'était là — et il le pressentait, ou il le savait — ce qui allait signer sa perte. La monstrueuse loi qui veut que tout amour mène à la mort devait trouver, dans son cas, une illustration odieusement perverse.

Détournons-nous de lui un moment, et ne décrivons pas la gigantesque et folle erreur dans laquelle, se mentant à lui-même, il chercha refuge. Nous n'en comprenons pas moins son désespoir : toute sa vie n'avait-elle pas été l'image follement grotesque de l'erreur divine ?

Cet été-là, nous l'avons déjà dit, fut plus que riche en événements, et cela de diverses façons. Au début de juillet, les habitants d'Eschberg avaient formé le projet d'élargir le chemin qui menait au village en assignant à chacun une part de la tâche, de manière qu'*au moins deux charrois y pussent passer en regard l'un de l'autre*, comme le disait l'arrêté. Même à Eschberg, le sommeil médiéval arrivait à sa fin, et dans les bourgades du Vorarlberg, d'audacieux spéculateurs avaient déjà commencé à bâtir de curieuses constructions qu'ils remplirent plus tard de tonitruants monstres de fer. La broderie prenait pied. Elle devait un jour métamorphoser cette misérable région agricole en un centre florissant de misérable cupidité.

Le plan de l'élargissement du chemin d'accès au village était de la plume de Nulf Alder. Sa risible dépossession par son propre fils lui avait également valu de se voir dépouiller de son office de bourgmestre, mais les paroles du sauvage Alder avaient encore du poids dans certains cercles. Depuis le mariage d'Elsbeth, sa femme et lui vivaient à la ferme de Lukas Alder. Peter en avait fait une des conditions des épousailles. Et, pour achever de convaincre Lukas, il lui aurait donné trois vaches à lait au lieu des deux qu'il lui avait promises.

Il régnait à cette époque dans le village une atmosphère tout à fait singulière. On eût dit qu'une étrange agitation s'était emparée des esprits. Elle se manifestait par une sorte d'affairement excessivement nerveux. Beaucoup de paysans avaient déjà rentré leur deuxième coupe : on eût dit qu'ils tentaient de gagner de vitesse les saisons de l'année. Mais comme ils avaient fait les foins bien trop tôt, leurs granges n'étaient même pas remplies au tiers. Quelques jeunes gens commencèrent à se rendre chaque jour à Goetzberg sans raison apparente, parce que l'exiguïté du village leur pesait. Là, ils nouèrent des contacts avec des sujets pour la plupart douteux, et plus ils allaient à Goetzberg, plus leurs cerveaux habituellement si simples se remplissaient de confusion. Leur vocabulaire s'enrichit, se colora, se gâta, et Matthieu Lamparter allait fanfaronnant à propos de bétail automate et de seaux à traire automatiques qu'il aurait vus chez un paysan de Goetzberg. Les temps devenaient modernes, cela ne fait pas de doute. En août, on introduisit, malgré les vives protestations — des vieilles gens surtout —, ce qu'on appelait « le pétrole ». Une huile dont se servait déjà Bonne-Part des années auparavant afin d'éclairer sa salle de cette étrange lumière, et dont il avait pour finir été arrosé avant de succomber à sa flamme.

Ces individus apportèrent au village des écrits bien suspects que de matois escrocs de Goetzberg leur vendaient à haut prix. Les publications relevées d'images étaient particulièrement recherchées, et ils les dévoraient comme les cochons les épluchures de pommes, contemplant d'un œil ébahi, la bouche grande ouverte, les nudités obscènement arrangées. C'est dans ce contexte qu'il convient de relater le destin de Michel-le-Charbonnier. Ce destin prit au cours de ces semaines-là un tour dangereusement aigu.

Lui aussi, Michel, avait soif de culture. Il était l'un de ceux qui allaient tous les jours à Goetzberg et revenaient tard le soir, d'un pas lourd, la tête fiévreuse. Un certain Markus Hufer, colporteur qui répandait des écrits sacrilèges et s'était ainsi retrouvé plusieurs fois enfermé dans le cachot du village, avait réussi à lui vendre les *Idées pour contribuer à la philosophie de l'histoire de l'humanité*, de Herder. Michel-le-Charbonnier avait souscrit d'un coup à tous les volumes, et cette lecture lui avait fait le plus grand mal. Il tomba en effet sur la description d'une humanité dont les caractères et le mode de vie suscitèrent en lui une telle nostalgie qu'il décida de rejoindre ces gens et de passer au milieu d'eux le reste de ses jours.

Le Californien, lisait-on dans ce livre, *vit au bout du monde, dans une contrée infertile, et, malgré la pauvreté de son existence, les vicissitudes du climat, il ne se plaint jamais du froid ni de la chaleur, se soustrait à la faim, quoique avec la plus grande difficulté, et vit heureux en son pays. Beaucoup d'entre eux changent de gîte plus de cent fois par an, de sorte qu'il ne leur arrive guère de dormir trois fois de suite au même endroit ni dans la même région. Ils se couchent où la nuit les surprend, sans aucun souci de la vermine ni de la malpropreté du sol. Leur peau brun foncé leur tient lieu d'habit et de manteau. Tout leur ustensile se limite à l'arc et aux flèches, à une pierre en place de couteau, à une hache ou quelque bois pointu afin d'arracher des racines, à une carapace de tortue pour servir de berceau, et à quelque intestin ou vessie dont ils usent pour puiser de l'eau. Et cependant ce sont saines gens que ces pauvres diables : ils atteignent le grand âge et ont tant de vigueur que c'est merveille si l'un d'entre eux, et fort tard, porte des cheveux gris. Leur humeur est en tout temps plaisante : le rire et la drôlerie les gouverne, ils sont bien conformés, lestes et agiles.*

Ce pays des Californiens où les femmes allaient dévêtues et avaient la peau brun foncé, où les gens étaient heureux en permanence et où régnait un rire éternel, ce pays, Michel-le-Charbonnier voulait le trouver à toute force, dût-ce lui coûter la vie. Il partit donc à l'aventure, prit congé des siens et du curé Beuerlein, qui, lorsqu'il tenta de le faire, ne lui en souhaita que plus joyeusement la bienvenue, gagna l'Arlberg et vagabonda sans relâche d'un endroit à l'autre. Il n'avait même pas trois pains dans son sac à dos, mais il avait entre les mains la nourriture véritable : les *Idées pour contribuer à la philosophie de l'histoire de l'humanité.*

Personne ne fut capable de lui indiquer la direction du pays des Californiens, et c'est ainsi que de fantastiques randonnées le promenèrent par-delà le Raetikon et à travers les Alpes bergamasques, jusqu'à ce qu'un tanneur de Lecco le recueillît alors qu'il était à demi mort de faim. Il resta huit semaines à Lecco, puis il leva le camp et un mandat d'amener le fit rechercher dans toute la Lombardie. Il avait en effet abattu, en état de légitime défense, le tanneur qui lui avait sauvé la vie, parce que celui-ci lui avait servi des déchets de viande hautement avariés. Michel se réfugia dans le Piémont et descendit jusqu'à la côte ligure. Là, il s'engagea comme matelot sur un navire levantin qui faisait le transport du café. Il n'avait jamais su ménager son argent, et il lui suffit d'une heure pour dépenser sa solde avec des filles de mauvaise vie. Sur l'une de ses routes, le bateau fit naufrage devant Toulon, mais Dieu évita la noyade à

Michel-le-Charbonnier et le fit échouer juste aux pieds d'un maître boucher de la ville, dans l'abattoir duquel il servit dix autres mois sans abandonner le moins du monde son projet de trouver le pays des Californiens. À Toulon, il se rendit coupable de quelques atteintes aux bonnes mœurs, car le teint mat des femmes, au début, lui avait fait croire qu'elles n'étaient autres que les Californiennes brun foncé. Michel dut encore prendre la fuite, et il résolut, puisqu'il ne trouvait toujours pas la Californie et que, au surplus, il atteignait sa quarante-troisième année, de revenir dans son pays natal pour y reprendre et parachever une vie simple et mature de paysan. Le retour fut encore plus difficile, d'autant qu'il contracta dans les Alpes du Valais une fièvre nerveuse. Et celui qui voyait cet homme laid de naissance, mais aujourd'hui pitoyablement décharné, ne pouvait qu'en avoir le cœur gros.

Énumérer toutes les étapes de sa vie nous mènerait trop loin. Nous ne retiendrons que l'effectivité de son retour. Curieusement, toutefois, il ne revint pas s'installer à Eschberg, mais s'engagea comme valet d'étable dans la région de Hohenberg. Son cœur porté à l'aventure s'apaisa au fil des années, et il se maria même sur ses vieux jours. Il ne pouvait s'empêcher de raconter et de raconter encore aux quinze enfants que sa femme lui donna les quatre années de sa vie pendant lesquelles il avait été à la tête de ces Noirs mystérieux qu'on appelait Californiens.

Notre regard quitte définitivement Michel-le-Charbonnier. Il mourut vieux comme Mathusalem, à l'âge de cent huit ans : l'année de sa mort était le berceau de ce siècle-ci. Ses enfants et les enfants de ses enfants n'ont pas été indignes de lui, car on compte aujourd'hui encore dans la région de Hohenberg trois excellents poètes à tendance religieuse. Le destin de Michel-le-Charbonnier montre en tout cas quel considérable pouvoir l'écrit avait encore en ces temps-là.

L'agitation des cœurs, le goût d'une ère nouvelle, la nostalgie du lointain glissaient sur Elias sans laisser de trace, il ne les relevait même pas. Il ne faisait pas partie de ceux qui s'agitaient à Goetzberg. Il ne lisait pas les feuilles illustrées salies par tant de doigts qui circulaient au village sous le manteau. Son vocabulaire ne changeait pas ; du reste, sa parole se faisait plus rare.

Quand, le soir, il sortait de sa chambre pour prendre le repas, il s'asseyait sans rien dire à sa place devant la lourde table de chêne, lapait sans faim sa « soupe brûlée » et ne prononçait pas une syllabe. Nous aimerions qu'un peintre eût fixé le retour uniforme de cet épisode du souper des Alder : les petites fenêtres de la cuisine, donnant au sud, répandent la lumière laiteuse du soir ; la Seff, dans son tablier bleu, introduit de sa main déformée par la goutte la cuillerée de soupe dans la bouche tordue de son époux ; Philipp, l'idiot, roule de grands yeux, et Fritz est en train de faire le signe de croix. Peut-on concevoir qu'au milieu de cette scène se cache le plus génial musicien qu'ait jamais produit le Vorarlberg ? Peut-on concevoir qu'il y ait là un génie dont l'intelligence musicale lui eût permis de dire des choses capables de révolutionner l'histoire de la musique du XIXe siècle ? Cela ne se conçoit pas — mais nous apparaît bien plutôt comme un grand et triste conte.

Les dernières semaines de la vie de cet homme sont peuplées des sauvages fantasmagories de la culpabilité et du désespoir. Il est juste de dire que lorsqu'il prit la décision de mourir, il était déjà devenu fou. L'incroyable voie qu'il choisit pour le faire ne peut se comprendre autrement. Convaincu qu'il pouvait remonter le temps, il tomba dans une sujétion maladive au passé. Il déclara un jour publiquement qu'il avait dix-sept ans et que son apparence extérieure était due à une puberté trop précoce. Le calendrier lui en donnait vingt-deux, et si l'on s'attache à l'authentique vérité, il en avait plus de quarante. Un effroyable désespoir lui faisait cultiver en lui-même le mensonge selon lequel Elsbeth n'était pas mariée, avait encore sa virginité et la garderait jusqu'au jour où les temps seraient mûrs pour qu'il lui demandât sa main. Plus il s'acharnait à faire revivre l'intensité du passé, moins cela lui était possible. Il savait qu'il n'aimait plus Elsbeth. Il savait que Dieu lui avait à présent enlevé jusqu'à cette capacité d'aimer. Et la pensée lui en était si insupportable qu'il finit par la chasser de son cerveau au milieu d'atroces et masochistes souffrances. En vérité, et cela, Elias Alder ne voulait pas le comprendre, Dieu l'avait délivré de son amour pour Elsbeth Alder. Dieu voulait qu'il vécût, car il avait du remords en voyant la souffrance que provoquait en lui l'amour.

Mais n'est-il pas déjà arrivé au lecteur de penser que son destin amoncelait au-dessus de sa tête de lourds nuages noirs, puis d'apercevoir un trou bleu par où passait un rai de soleil et d'espérance ? C'est ce qui advint à Elias Alder.

Le deuxième dimanche d'août, un étranger pénétra dans la localité d'Eschberg. C'était un homme insignifiant vêtu à la manière des citadins, qui portait une moustache en rapière et un haut-de-forme bleu sombre. Outre son sac à dos, il avait avec lui un rouleau de papiers serré par un cordon. Cet homme était un musicien. C'était l'organiste de la cathédrale de Feldberg. Il s'appelait Bruno Goller. Ce Goller ne venait pas d'Eschberg par hasard. Il faisait partie de ces pionniers qui commençaient à consigner, chacun dans sa discipline, l'histoire de leur pays. Ainsi, Goller était envoyé par ce que l'on appelait l'Institut des nobles arts classiques de Feldberg, auquel était rattaché l'Institut de musique. Goller avait pour mission d'examiner tous les orgues du pays et de les décrire minutieusement dans un grand registre.

Ce que Goller découvrit à Eschberg en ce deuxième dimanche d'août, ce fut un orgue simple, à cinq voix, et l'organiste le plus grandiose qu'il eût été donné d'entendre à ses oreilles de petit maître.

« Mais qui êtes-vous donc, par sainte Cécile ? » balbutia Goller lorsqu'il vit Elias descendre furtivement l'escalier de la tribune. Goller déglutit, et il ne cessait de retourner son chapeau entre ses doigts. « M-m-mon nom est Goller. Friedrich Fürchtegott B-b-runo G-goller », bégaya-t-il en lui tendant son chapeau à la place de sa main. Elias, sans le saluer, le regarda d'un air las, l'œil vide.

« O-o-organiste de la c-c-athédrale de Feldberg, et aussi *c-c-antor* », ajouta Goller anxieusement. Quand il se fut un peu ressaisi, il demanda à nouveau à Elias qui il était, mais il n'obtint pas de réponse.

C'est alors qu'intervint Peter, qui avait observé la scène. « Monsieur, s'empressa-t-il de dire sur un ton flatteur, c'est là notre Elias Alder, organiste et maître d'école de notre village. Je suis son cousin et ami, et celui qui, modestement, actionne le soufflet.

Puisque Elias ne répondait pas, Goller s'entretint avec Peter. Jamais il n'avait entendu, dit-il, un jeu aussi génial. Sauvage, primitif, et pourtant si élevé. Jamais contrepoint ne lui avait paru si complexe. Il confinait tout simplement à l'impossible. Il était parvenu à jouer les quatre chorals de la messe sous la forme d'un *quodlibet* à quatre voix sans en changer une seule note. C'était absolument infaisable, il fallait qu'on lui donnât sur-le-champ la partition de ce puissant morceau. Il en ferait à nouveau l'épreuve. Et puis la fugue de la communion qu'il avait jouée, *quasi unam fugam*, avait une force volcanique qu'on ne trouvait nulle part dans la littérature pour orgue. Au postlude du choral *Christ unser Herr zum Jordan kam*, il avait positivement entendu l'eau du Jourdain, et la réduction chromatique aux mots *erseuffen auch den pittern Tod* l'avait si profondément remué qu'il s'accrochait encore à son chapeau. Ces messieurs pourraient-ils avoir l'amabilité de lui montrer les partitions de tous les morceaux qui avaient été joués... ?

« Monsieur, commença cette fois Elias, je ne suis pas capable de transcrire les notes. » Il y eut un court silence, Peter sourit, un peu honteux, et Goller se remit à faire tourner son chapeau entre ses doigts.

« Vous ne savez pas... ? »

Les mots lui restaient dans la gorge.

« C'est-à-dire, s'empressa d'intervenir Peter, qu'il a appris l'orgue tout seul. Notre regretté maître d'école, lui, savait lire les notes, et les écrire aussi. »

Goller se laissa tomber sur le banc des célibataires. « Sans partition ? demanda-t-il doucement, incrédule.

— Voyez vous-même ! fanfaronna Peter, vous ne trouverez rien d'autre que les livres d'Oskar ! »

Goller commençait à comprendre. « Sans partition, laissait échapper sa bouche de carpe, sans partition. » Elias allait partir, mais Goller le retint. « Je vous en prie ! Improvisez encore quelque chose, je vous en prie ! » mendia-t-il avec insistance, et ils montèrent tous les trois à la tribune.

Quand Goller eut entendu l'impossible pour la seconde fois, il dit tout bas à Peter que l'organiste devait absolument, par sainte Cécile, rejoindre l'Institut de musique de Feldberg. Cela se trouvait bien : quinze jours plus tard, justement, devait avoir lieu la fête annuelle de l'Orgue où les élèves devaient concourir en improvisation. Peter promit de s'y présenter au jour dit avec Elias. Il devinait que ce serait là le plus grand triomphe dans la vie de son compagnon.

Bruno Goller quitta Eschberg dès ce matin-là, sans avoir décrit minutieusement le petit orgue dans son grand livre, de sorte qu'il n'apparaît nulle part dans l'ouvrage qu'il publia plus tard, *Petit Trésor des orgues du Vorarlberg*. Cette rencontre avec la musique d'Elias l'avait complètement perturbé et, pendant quelques jours, il fut incapable d'aligner calmement deux idées. Quand il fut à nouveau en état de le faire, il regretta vivement l'invitation qu'il avait lancée. Il ne serait pas impossible, maugréait le cœur étroit du musicien, qu'Elias finît par devenir pour lui un dangereux rival. Et si, par sainte Cécile, c'était à cet homme qu'on attribuait la place en ce moment vacante de deuxième organiste de la cathédrale ? Goller quitta précipitamment son cabinet d'étude, car il avait besoin d'aller respirer l'air frais de sa petite roseraie. Il fallait à tout prix empêcher que ce satané gaillard... !

Le dernier dimanche d'août, les deux amis prirent le chemin de Feldberg. C'était un matin d'été paralysé par la chaleur, et dès avant midi l'air vibrait au-dessus de l'horizon. Peter avait dû déployer bien des efforts pour convaincre son ami de faire ce voyage, car Elias, entre-temps, était devenu si apathique qu'il ne se lavait même plus. Ce dimanche-là, il aurait préféré rester au lit, et, les volets fermés, songer au mystère de son amour impossible, comme il avait coutume de le faire depuis assez longtemps. Mais une ruse irresponsable permit à Peter de faire sortir l'hypocondriaque de son lit. Il lui avait parlé d'un bruit selon lequel Lukas Alder était atteint d'une fièvre cérébrale. Qui sait, peut-être Elsbeth n'allait-elle pas tarder à être libre... Elias savait comme lui que ce n'était pas vrai. Mais l'idée qu'Elsbeth pouvait être libre lui donna la force de partir pour Feldberg.

Quand Elias prit congé des siens — il regarda dans les yeux, sans rien dire, son père paralysé, sa mère dormait encore, Fritz était à la première traite —, Philipp résista bec et ongles. Elias tenta de l'apaiser dans cette langue de sons qu'il lui avait apprise lui-même. Mais Philipp ne s'emportait que plus bruyamment. Il s'arcboutait comme un petit veau qu'on tire par sa corde de la chaleur de son étable pour l'emmener à l'abattoir. Le petit débile pressentait-il qu'Elias ne regagnerait jamais la ferme ?

Les deux amis entrèrent à Feldberg, pieds nus, à la fin de l'après-midi, alors que le soleil avait mis fin à son vacarme. Peter se souvenait encore très bien du chemin. Il l'avait fait autrefois avec Nulf pour venir parapher les documents notariaux. Aussi ne manqua-t-il pas de montrer à son ami les belles choses qu'il y avait à voir à Feldberg.

Lorsqu'on venait du nord, avant que l'on n'entrât dans la ville, la route passait devant une maison de pierre et d'âge immémorial. À côté de cette maison se trouvait une petite église de pierre qui menaçait ruine depuis longtemps. C'était, enseigna Peter, la quarantaine de

Feldberg. Avec un peu de chance, ils y trouveraient quelques incurables qui y étaient enfermés en raison de leurs dangereuses affections. Ils pénétrèrent dans une cour pavée, et, de fait, Elias distingua quelques silhouettes, des visages rongés de gale et de pus, des yeux effarés de misère, des membres bandés ou aux plaies ouvertes, dévorés par la gangrène. Peter ne pouvait se rassasier de ce spectacle, passait d'une fenêtre grillagée à l'autre et fixait un regard avide sur ces pitoyables créatures.

L'ancienne enceinte de la ville avait déjà été rasée, mais il en subsistait d'énormes tas de pierres. L'emblème le plus important de Feldberg en était d'ores et déjà le donjon à huit étages, bâti selon un plan ovale. La légende veut qu'à l'époque des Monfort, Feldberg ait connu une véritable invasion de chats. Elle va même jusqu'à comparer ce fléau aux nuées de sauterelles de l'Ancien Testament. Les habitants de Feldberg ne savaient à quel saint se vouer, les chats leur mangeaient littéralement la laine sur le dos, et et on ne pouvait plus mettre un pied dans la rue sans provoquer aussitôt un effroyable concert de feulements et de miaous. Le rusé échevin Joerg Bertschler suggéra de construire une tour d'une hauteur babylonienne, des créneaux de laquelle on précipiterait les chats serrés dans des corbeilles. Ainsi fut fait, et l'on ne tarda pas à être débarrassé du fléau : c'est pourquoi la tour porte, aujourd'hui encore, le nom de tour des Chats.

À l'époque d'Elias, les Feldbergeois tenaient prisonniers dans la tour des Chats douze soldats français. Cela n'aurait rien d'extraordinaire si, après le retrait des troupes, les édiles n'avaient oublié dans la tour les douze pauvres diables. Aujourd'hui encore, Feldberg paie un sou symbolique à la ville d'Arras, d'où étaient originaires huit de ces malheureux, qui moururent de faim.

Il y aurait bien des curiosités à rapporter sur cette petite ville, mais nous voyons justement nos amis pénétrer dans la roseraie de Goller. L'inquiétant musicien était tout de même à l'endroit convenu au moment convenu. Il se tenait dans l'embrasure de la porte, muet, émacié et pâle. L'idée de fuir ne lui traversa l'esprit que trop tard. Il aurait pu, tout simplement, ne pas être chez lui. Ô sainte Cécile ! et la pensée ne lui en venait que maintenant ! Goller prit une bouffée d'air, tira sur son col dur et invita les deux amis à prendre place dans le petit salon de musique. Depuis longtemps, les yeux d'Elias retrouvaient leur éclat en voyant le clavier d'un bizarre instrument que Goller appelait « pianoforte ». Elias y mit la main, sursauta, à la fois effrayé et surpris. Comme ses doigts exécutaient en virtuose, à une vitesse fantastique, une série de tierces, Goller tituba jusqu'à lui, disant que M. Alder devait se ménager car la fête de l'Orgue commençait dans une heure. Non, se disait la carpe, on n'était tout de même pas obligé d'entendre ce démon sous son propre toit. Comment pourrait-il à l'avenir se mettre au pianoforte en toute tranquillité ?

Peter but beaucoup du vin rouge que Goller avait apporté. Elias, lui, ne cessait de regarder sans scrupule les innombrables ouvrages musicaux qui, ouverts ou fermés, s'étalaient sur les ottomanes, les appuis des fenêtres et les parquets comme un interminable festin de mets délicieux. Quelle sagesse doivent renfermer tous ces livres, se disait tristement Elias, et il ne touchait ni à la collation ni au vin. Puis on se mit en route, on flâna le long de rues étroites en direction de la cathédrale. De temps à autre, Goller faisait des plaisanteries un peu forcées et s'étonnait qu'Elias fût pieds nus. Il était impossible d'actionner ainsi le pédalier, se disait-il in petto, impossible. Et l'orgue de Feldberg, par sainte Cécile, était autrement difficile à manier que cette ridicule casserole d'Eschberg.

Et sur les lèvres de carpe de Goller passa l'ombre d'un sourire de réconfort.

La fête de l'Orgue

La fête de l'Orgue, à Eschberg, était l'événement de l'année. Les notables et seigneurs mélomanes venaient en pèlerinage jusque du Liechtenstein pour apprécier les talents d'improvisation des élèves de l'Institut de musique. Le grand orgue à dix-sept jeux, avec son puissant chœur de trompettes et de trombones, avec, au positif de poitrine, la sonorité argentine de son principal, était alors l'un des instruments les plus précieux du Vorarlberg et formait une merveilleuse synthèse entre la facture française et la facture de l'Allemagne du Sud. On l'avait fait acorder tout exprès pour la fête, et il était fort artistiquement illuminé sous tous les angles.

Goller dit à Peter de se chercher une place dans la nef, car, une demi-heure avant le début, l'église était déjà pleine à craquer. La lumière brillante du soir, bleu-rouge, jetait de hautes gloires sur la foule des assistants, et la rosace au-dessus de la tribune ouest faisait un kaléidoscope féérique. Elias, en revanche, fut conduit par Goller dans la sacristie où se tenaient les cinq étudiants admis à concourir. Il présenta Elias au petit cercle en des mots quelque peu dédaigneux, disant que M. Alder venait d'un trou perdu dans la montagne, qu'il vivait fort simplement mais n'en était pas moins un curieux génie de la nature. Notre héros était donc là, en redingote noire trempée de sueur, pieds nus, les ongles sales tant aux pieds qu'aux mains, le cheveu dépeigné et gras, sentant mauvais. Les cinq visages roses, au-dessus desquels une raie bien droite partageait une chevelure lisse, et au-dessous desquels étincelait un col dur impeccable, froncèrent les narines en contemplant cette très étonnante apparition. L'un des étudiants osa même remarquer avec insolence qu'il lui était impossible de s'asseoir sur le même banc que ce sauvage-là. Mais les visages roses n'allaient pas tarder à ravaler leurs froncements de narines et leurs remarques insolentes.

La nef entière se leva lorsque le vicaire général, suivi par l'organiste Goller, les quatre professeurs de l'Institut de musique et les six élèves organistes, fit son entrée en venant de la sacristie. Le vicaire général s'approcha du lutrin auquel était suspendue une lyre dorée, prononça une introduction en latin et lut ensuite d'une voix solennelle les mots du psaume 150 selon lesquels il fallait louer Dieu avec des trompettes, des psaltérions et des harpes. Puis il salua longuement professeurs, docteurs, conseillers et dignitaires, appelant chacun par son nom et payant à chacun le tribut de quelques hommages flatteurs. Enfin, le vicaire général se fit apporter le coffret vénérable sans lequel la compétition ne pouvait se dérouler dans les règles strictes qui étaient les siennes. Un servant à la poitrine étroite lui présenta la cassette, le vicaire général y plongea la main et en sortit le nom du premier candidat. Il s'appelait Peter Paul Battlog, avait quinze ans et était le fils de l'officier des impôts Christian Battlog. Puis le vicaire général tira un autre nom, un troisième, et ainsi de suite. Celui d'Elias Alder sortit avant-dernier.

C'était l'ordre dans lequel les organistes devaient se présenter. Le vicaire général se fit alors apporter par le servant à la poitrine étroite un recueil de chorals. Le servant déposa le lourd volume, fermé, sur le lutrin. La tension montait, car ce livre jouait un rôle particulier.

Le vicaire général, homme de grande intuition théâtrale, savoura le silence jusqu'à l'insupportable. Puis il prit le recueil de chorals, le retourna, mit les deux pouces sur la tranche dorée, sépara les deux faces de la lourde reliure de cuir, et le livre s'ouvrit. C'était la page de droite du livre ainsi ouvert au hasard qui comptait.

« *Candidatus* Battlog, prononça le vicaire d'une voix sonore, improvisera sur le cantique *Ach Gott, wie manches Herzeleid*. Partant, il variera le choral *pedaliter* et *manualiter* tout en un, et donnera un prélude et une fugue à trois voix selon les anciennes règles. »

Elias, tout seul au bout du banc du chœur, n'avait pas compris un mot. Il vit Battlog bondir comme un ressort, sortir du banc, faire une génuflexion et se précipiter vers la tribune. Elias commença à prendre peur. Il lorgna vers la porte de la sacristie. En cas de nécessité, il pourrait toujours s'enfuir par là et gagner l'extérieur.

Au bout de quelques minutes de réflexion, Battlog entreprit d'improviser. Les deux vigoureux gaillards qui s'occupaient des soufflets en saisirent les leviers et les soulevèrent. Battlog commença par donner la mélodie du choral — c'était obligatoire —, puis passa à sa variation. La musique du visage rose n'avait pas précisément la grâce, Elias l'entendit aussitôt. Mais la fabuleuse splendeur sonore de cet orgue le fascinait tant et si bien qu'il en perdait presque la respiration. Nous pouvons dire à bon droit qu'Elias Alder écouta le jeu de ses concurrents avec plus de concentration que, plus tard, le sien propre. Quand Battlog eut conclu sa fugue à trois voix, avec un volume excessif, Elias avait exactement compris ce qu'on voulait dire par « variation du choral », « prélude » et « fugue ». Il avait joué ce genre de choses à Eschberg, mais tout autrement, avec plus d'art et, surtout, de sincérité, lui semblait-il en toute modestie. Les candidats suivants ne lui apprirent pas grand-chose de nouveau, bien que l'art de la registration lui eut fait une impression très forte. Grâce à son oreille exceptionnellement analytique, il n'avait eu aucun mal à décomposer l'harmonie du mouvement en ses différentes notes — il vaudrait mieux dire : en ses différentes touches, blanches ou noires, en haut, en bas ou au milieu. Il lui arrivait même de corriger telle ou telle imperfection, comme au temps de son oncle Oskar.

Enfin, ce fut son tour. Le vicaire général plaça convenablement le livre, mit les pouces sur la tranche, ouvrit le livre d'un coup, garda le silence un instant et dit ensuite d'une voix théâtrale :

« *Candidatus* Alder improvisera sur le cantique *Viens, ô Mort, sœur du Sommeil*. Partant, il exécutera : une variation du choral *pedaliter* et *manualiter* tout en un, un prélude et une fugue à trois voix selon les anciennes règles. »

Elias bondit à la manière d'un ressort comme il l'avait vu faire à ses prédécesseurs, pensant que cela faisait partie des obligations auxquelles les élèves avaient à répondre. Il fit également une génuflexion, puis se dirigea non vers la tribune, mais vers Friedrich Fürchtegott Bruno Goller, qui était assis au premier banc du côté de l'Épître et triturait nerveusement sa moustache.

« Je ne connais pas la mélodie de ce cantique, lui chuchota Elias, bouleversé. Il faut qu'on me le joue, et là je pourrai imprivo... introvi... extro... ministrer. »

Goller se leva de son banc, déconsidéré, fit une génuflexion et se dirigea vers le vicaire général, qui venait de prendre place dans sa stalle de bois sculpté. Une agitation parcourut l'assistance, et quelques femmes chuchotèrent, tendirent le cou et lorgnèrent avec curiosité vers cet homme qui restait là, pieds nus. Goller conféra avec le vicaire général, celui-ci s'avança vers le lutrin et annonça que la fête s'interrompait quelques instants. Il en donna la raison en reproduisant les paroles dédaigneuses de Goller, selon lesquelles le *candidatus* Alder venait d'un trou perdu dans la montagne, vivait très simplement, n'avait jamais vu ni touché l'orgue de Feldberg, et devait donc d'abord en faire la connaissance, mais possédait *in summa* un curieux génie naturel qui était à l'origine de son invitation et justifiait donc... et cætera, et cætera.

Quelques notabilités quittèrent la cathédrale afin de se distraire en fumant du tabac. D'autres — essentiellement les hôtes du Liechtenstein — déballèrent des tartines au saucisson et au céleri et les ingurgitèrent au mépris de la plus élémentaire piété. Les dames de condition, quant à elles, grignotaient d'un air las des fraises sucrées et juteuses.

Entre-temps, Goller était monté à la tribune avec Elias. Là, il lui expliqua in vivo et avec une précipitation exagérée la fonction des différents registres, chercha dans le livre le choral à varier et en joua la mélodie au plus discret salicional. Alors que la cathédrale avait retrouvé le silence, Elias en était encore à réfléchir aux paroles du cantique, car elles l'avaient fasciné, comme la mélodie, dès le premier instant :

Viens, ô Mort, sœur du Sommeil
Et fends la mer qui me navre !
Emmène-moi ; qu'au réveil
Mon esquif soit dans le havre.
Quand les hommes ont peur de toi,
Certes, Mort, tu fais ma joie ;
Car c'est toi, pour mon salut,
Qui me conduis à Jésus.

Avant que cet homme ne nous livre sa musique surhumaine, jetons un bref coup d'œil à Peter, assis au-dessous de la voûte qui soutient la tribune, à l'endroit le plus étouffant de l'église. Il garde ses mains crispées sur ses genoux. Il ose à peine respirer, ne regarde ni à droite ni à gauche. Il est soudain d'une beauté radieuse. Ou sont-ce les ombres vacillantes jetées par la lumière des cierges qui nous en donnent l'illusion ?

Les deux gaillards préposés aux soufflets en étaient encore à leurs plaisanteries apitoyées sur l'apparence extérieure d'Elias quand éclata soudain un *fortissimo* remontant tout le clavier, si puissant qu'ils eurent l'impression que l'orgue était en train d'exploser. Le trait s'interrompit, Elias reprit son souffle et donna un *fortissimo* encore plus puissant, cette fois en combinaison avec le hurlement d'une ligne de basse descendante au pédalier. Quand il eut repris son souffle pour la troisième fois, il fit à nouveau gronder les figures en diminuant la ligne de basse de la moitié de sa valeur, de sorte que la vitesse du jeu des pieds confinait à l'impossible. La montée se termina par une harmonisation des deux premières mesures du choral, puis l'organiste coupa le cou à sa musique avec une telle brutalité qu'on eût dit que ses mains avaient tout bonnement glissé du clavier. Elias respira le temps d'une césure chargée d'une tension inouïe, attaqua à sept voix, joua le choral jusqu'à la troisième mesure, s'interrompit, respira, harmonisa en dissonances non résolues jusqu'à la quatrième mesure, s'interrompit, respira, relia le motif figuré initial à l'harmonisation du choral, s'interrompit, respira, s'interrompit, respira, et tout cela sur plus de cinq minutes.

Il voulait ainsi montrer la révolte que devait inspirer la mort, le destin, Dieu même. La mort comme silence brutal, comme insupportable interruption. Et l'homme humilié criant vers Dieu dans une prière absurde. Arrachant sa chemise, ébouriffant ses cheveux, se mettant à blasphémer comme un fou, mais retombant toujours à terre. Car la rébellion ne sert à rien. Dieu est un enfant sans nombril, plein de méchanceté.

Aux soufflets, les gaillards avaient le plus grand mal à donner un vent régulier. La sueur coulait de leurs joues écarlates, et nous pensons que c'était de peur qu'ils transpiraient. La nef, où régna subitement un silence de mort, était elle aussi le théâtre de choses inhabituelles. La bouche de carpe de Goller était béante, les quatre professeurs, livides, n'en croyaient pas leurs oreilles, et bien des assistants tournaient vers la tribune leurs joues encore encombrées de tartines, regardaient la montre illuminée d'un œil ébahi et en oubliaient de déglutir.

Après ce début démentiel, ces cascades d'inimaginable désespoir, la musique sembla s'éteindre, malgré quelques flammes de colère qui s'élevaient encore ici et là, allumant un étrange brasier d'accords littéralement inouïs. Elias repoussait une à une les combinaisons de registres, les sons se faisaient toujours plus doux, et pour finir la musique tomba, après bien des approches, dans une tonalité sinistre de mineur à peine identifiable. Elias pensait exprimer ainsi la totale résignation de l'humaine créature : elle était terrassée, tout espoir avait disparu, la terre était gelée tout autour d'elle.

Peu à peu, les auditeurs, d'abord terrifiés, comprenaient le message de l'organiste. Non, l'homme qui était là-haut ne se contentait pas de faire de la musique, il faisait un sermon. Et il prêchait une vérité qui avait la transparence et la froideur du cristal. Pour quelques instants, le paysan d'Eschberg avait réussi à unir dans un seul les esprits si divers de cette foule. Car une atmosphère de malaise gagnait l'église, comme si l'enfant et le vieillard songeaient en même temps : la mort est dans ces murs, et le sommeil, son compagnon, t'ensevelira. On lisait soudain sur les visages quelque chose de vrai. Les masques avaient fondu et un silence d'outre-tombe se lisait sur chaque visage : les traits disaient de quelle manière chacun essayait de répondre à la voix de la mort. Quel spectacle de détresse !

Il y avait maintenant plus d'une demi-heure qu'il jouait, et cela ne semblait pas vouloir finir. Mais de ce chaos vaste et sombre s'élevaient à présent des voix plus conciliantes. Aux mélodies succédèrent d'autres mélodies, tendres et parfumées comme l'herbe ondoyante sous le vent du printemps. Et ces mélodies furent suivies par d'autres : c'étaient les mélodies d'Elsbeth. Et aux mélodies d'Elsbeth succéda la mélodie du choral. Or le choral, c'était la Mort. Ainsi se forma une ronde, un va-et-vient éphémère d'idées musicales toujours nouvelles. La musique prit un rythme impair, revint en arrière et changea encore. La légèreté des voix toujours nouvelles qui entraient donnait à penser qu'Elias ne parlait plus de ce monde. L'homme s'était arraché au chaos, le poids de la terre ne le tirait plus vers le bas.

Bien que Goller ne lui eût que très superficiellement montré les registres, Elias savait les mélanger avec virtuosité. Comme un peintre s'émerveille de l'incroyable richesse de ses tons, Elias était émerveillé par les possibilités de cet orgue. Jusque-là, il était resté crispé devant son instrument, le regard collé au manuel et au pédalier. À présent, le calme revenait dans ses yeux : ses membres se détendaient, son dos s'assouplissait. L'orgue, lui semblait-il, jouait soudain comme tout seul. Il avait appris à en esquiver les perfidies et pouvait maintenant s'y déployer en toute liberté. Il ferma les yeux, leva la tête, et ses rêves l'emportèrent à Eschberg tandis que l'orgue déversait sur la tête des auditeurs la splendeur irréelle de toutes les images qui naissaient en lui.

La nature se faisait musique. Ces jours mystérieux de novembre où la brume montait de la vallée du Rhin en vagues incertaines jusqu'au hameau de Hof, où il était né. La brume givrant dans les forêts, suspendant aux branches des fils de glace et voilant de frimas l'écorce des sapins. Le soleil et la lune face à face — la lune comme une hostie brisée, le soleil comme la joue d'une mère...

La lueur du premier incendie se fit musique. Les couleurs du vitrail d'Eschberg commençant à s'illuminer dans l'abside est. Les corps imbriqués, enchevêtrés de la foule hurlante. La ferme de Nulf Alder en feu. La petite fille dans sa chambre opaque de fumée, couchée sous le lit, les yeux ouverts, la bouche serrant sa poupée de chiffons. Les bêtes de la forêt dans la neige de janvier, et lui les appelant par des sons, des bruits, des trilles inaudibles. Leur absence devant l'horizon hérissé de troncs calcinés. Le rire mortel de Roman Lamparter, Bonne-Part...

Se fit musique l'épisode nocturne où il s'était roulé dans l'herbe noire des prairies encore maigres. Ses bras et ses jambes écartés, ses doigts plantés dans l'herbe comme pour s'accrocher à ce monde grand, rond et beau. Et il se souvenait des mots qu'il avait chantés cette nuit-là : « Qui aime ne dort pas ! Qui aime ne dort pas ! »...

Et Elsbeth se fit musique. Elsbeth ! La couleur et l'odeur de ses cheveux d'automne, le défaut à peine perceptible de sa démarche, le rire de sa voix sombre, les yeux ronds et si vifs, le petit nez retroussé, la robe bleue à grands carreaux. Elsbeth marchant précautionneusement dans l'herbe pour ne pas écraser de pâquerette. Ses petites mains caressant le mufle d'une vache tandis qu'elle lui parle. Elsbeth jetant en secret des épluchures de pomme aux cochons...

Tandis qu'il métamorphosait ces pensées en la musique la plus touchante qu'on eût jamais entendue, il perçut à nouveau, tout à coup, les battements du cœur d'Elsbeth. Et il eut peur de perdre ce rythme. Mais le rythme persista et se fondit avec celui de son propre cœur. Et Elias se remit à aimer.

Quand il eut dit tout ce qu'il y avait à raconter de sa vie, il conclut par un suave accord de septième. Maintenant, il allait passer à la fugue, à l'apothéose du ciel, au rêve d'un monde d'amour.

Il avait hypnotisé l'assistance. Les auditeurs étaient immobiles sur leurs bancs, leurs paupières ne bougeaient plus. Leur respiration s'était ralentie, et la fréquence des battements de leur cœur était celle de son propre cœur. Après coup, personne ne put dire combien de temps Elias avait réellement joué. Même Peter ne le savait pas. Ses paupières, elles non plus, ne bougeaient pas, et derrière ce front ignoble régnait la paix.

Cette étrange hypnose ne peut s'expliquer que par la nature de la musique d'Elias. Il y avait certes eu des maîtres avant lui qui avaient su mettre en musique des états d'âme d'une manière authentique et originale. Mais ils effleuraient à peine ces émotions, et c'était le mélomane qui, de lui-même, s'élevait à l'emphase — il le fait encore aujourd'hui.

Mais il y a dans le langage de la musique un phénomène qui n'a guère été exploré jusqu'ici. Au fil de l'inépuisable combinaison des accords naissent des configurations dont la sonorité déclenche chez l'auditeur quelque chose qui, en fait, n'a plus rien à voir avec la musique. Elias avait découvert dès son enfance quelques-unes de ces séquences et de ces relations, et il en avait éprouvé l'effet tant sur lui-même que sur les autres. Pensons à ce matin de Pâques où il avait réussi, l'espace de quelques instants, à remplir le cœur des paysans d'Eschberg d'une générosité qui s'était manifestée par un concours de politesses. Quand il faisait de la musique, il était donc capable d'ébranler les âmes jusqu'au tréfonds. Il lui suffisait d'intégrer les harmonies découvertes à de plus grands ensembles organiques pour qu'il fût impossible à l'auditeur de se soustraire à leur effet. Qu'il le voulût ou non, les larmes montaient aux yeux de celui-ci. Qu'il le voulût ou non, il éprouvait une peur mortelle, des joies d'enfant, ou même des sensations érotiques. C'était le mérite d'Elias Alder que d'être parvenu à cela dans la musique. La sienne puisait assurément dans le trésor de l'harmonie classique, puisque aussi bien il n'avait rien entendu d'autre que les chorals joués par les gros doigts de son oncle. Mais au fil des ans, et sous les secousses de plus en plus fortes qu'avait subies son âme, il finit par atteindre à un langage sonore d'une puissance inégalée, et qu'aucun maître ne parla avant ni après lui. C'est l'une des plus regrettables fatalités de l'histoire de la musique occidentale, que cet homme n'ait point couché ses compositions sur le papier.

Quand il eut exposé le thème de la fugue au *plenum* du principal, le troisième des quatre professeurs livides cria soudain très fort : « C'est impossible ! Ce n'est pas possible ! »Il fallut le contraindre brutalement à se rasseoir. Car le thème de la fugue était d'une invention si gigantesque et d'une telle longueur qu'on était obligé de croire qu'il se passait à la tribune des choses surnaturelles. Il se composait des notes fondamentales du choral à improviser, mais les harmonies étaient d'une subtilité de filigrane si rêveuse qu'une jeune femme, du côté de l'Évangile, s'écria, à juste titre : « Je vois le ciel ! » Et ce sujet n'en finissait pas, se balançait d'une séquence à l'autre, toujours plus haut, toujours plus aérien, jusqu'au moment où il versa dans la dominante sur laquelle le contre-sujet pouvait reprendre alors depuis le début.

Ce qu'il avait appris de ses concurrents quant à la technique de la fugue, il l'intégrait maintenant avec la plus grande légèreté à sa propre conception. Il avait appris que le sujet revient cycliquement, dans un rapport précis relativement à l'intervalle des touches. Il opposa à la gravité d'enfants de chœur de ceux qui avaient joué avant lui un jeu exubérant de figures. Ce qu'il voulait peindre, c'était une apothéose du ciel, une échelle de Jacob qui s'élevait toujours plus haut dans l'état paradisiaque, où la lumière terrestre faiblissait et où l'éclat de la perfection prenait toujours plus de puissance et d'étendue. La fugue d'Elias Alder ressemblait à une eau sans fin qui roulait à la hâte, grossissait et s'enflait pour entrer dans l'éternité de la mer.

Goller, qui avait à toute force, bien qu'il fût obligé de se pincer le bras, refusé de se laisser emporter par la transe, avait compté jusqu'à huit traitements du thème dans une broderie de sept voix évoluant librement. Et Goller maudissait son vieux maître, le très célèbre *cantor* Rheinberger, qui lui avait autrefois enseigné qu'une fugue ne devait pas présenter plus de cinq voix, faute de quoi elle ressemblait trop à un accord général et les lignes ne se distinguaient plus avec assez de transparence. « Quel sot vous faites, maître Rheinberger ! » maugréait-il intérieurement, et il arracha un poil de sa moustache.

Quand la musique atteignit une complexité qui n'était plus saisissable, se roulant d'ailleurs dans un insurpassable *fortissimo,* la fin de la fugue sembla proche. Mais Elias ne parvenait pas à conclure. Comme cependant un *fortissimo* extrême finit à la longue par perdre son effet monumental, il tenta de multiplier l'impression radieuse de volume en montant dans la gamme et en inventant des accords qui, même joués *piano*, donnaient l'impression d'un inexplicable *forte*. Lorsqu'il atteignit le point de rupture de l'impossible, il déchira d'un coup tout ce tissu de sons comme il l'avait fait au début, provoquant l'énorme choc d'une césure qui ressemblait au grand trou insondable et noir dans lequel tout doit un jour être précipité.

L'écho de l'harmonie interrompue ne s'était pas encore éteint qu'éclatèrent les rayons du choral *Viens, ô*

Mort, sœur du Sommeil. Et comme les mains et les pieds d'Elias n'étaient plus en mesure d'introduire la huitième voix, il se mit lui-même à chanter. La poitrine gonflée, il imita un tuyau de huit pieds, inséra la mélodie en rondes et en blanches dans l'entrelacs des voix, tandis que ses deux pieds exécutaient le choral en canon avec des noires et des croches et que ses mains menaient le thème à la strette et le renversaient même avec un art indicible.

Car c'est toi, pour mon salut,
Qui me conduis à Jésus.

Johannes Elias Alder jubilait. Sa jubilation, c'était le majeur resplendissant qui ne voulait pas finir et qui devait pourtant conclure cette improvisation inconcevable et, pour tout dire, folle.

Puis ce fut le silence. On n'entendait plus, distinctement, que la respiration essoufflée des deux faiseurs de vent, qu'Elias avait poussés au bord de l'épuisement.

« Goller ne consomme pas en une année le vent dont celui-ci a besoin en une heure ! » récrimina l'un d'eux par la suite.

Elias, lui aussi, restait immobile sur le banc. Puis il essuya avec la manche de sa chemise la sueur qui lui coulait du front, rabattit en arrière ses cheveux clairsemés, et plongea le regard dans l'abside où, au-dessus du jubé, s'affligeait la *pietà*. On voyait maintenant combien cette improvisation de plus de deux heures avait rongé sa substance physique. Son visage déjà maigre avait la couleur de la cendre, ses joues étaient creusées, ses pommettes saillaient et ses lèvres étaient sèches. Il avait perdu du poids.

Le cri d'une voix d'homme déchira le silence spectral

de l'église : « Vive Alder ! » Et encore : « Vive Alder ! Vive Alder ! »

Ce cri venait du dernier tiers de la nef, vers l'endroit où se tenait Peter. Il fut si libérateur qu'un véritable tumulte éclata tout à coup. Les gens sortirent de leur inconscience, se mirent à hurler, à acclamer, à faire un triomphe. Ils se levaient rang après rang, tournaient la tête vers la tribune et faisaient une ovation au magicien invisible. Des chapeaux fusèrent, des paniers, des fichus, et il nous semble bien avoir vu en l'air une petite boule enveloppée de langes.

« Vive Alder ! Vive Alder ! » jubilaient les gorges maintenant réveillées de la foule des assistants.

Le vicaire général jaillit de sa stalle sculptée, tituba, étourdi, jusqu'au lutrin, leva les bras face au peuple en délire et tenta de le calmer.

« Cher et louable public, cria-t-il sans être entendu, pour l'amour de Dieu ! Cette église est un lieu sacré ! »

Le tumulte ne fit que s'accroître, et tous — à l'exception de la famille de Peter Paul Battlog —, tous quittèrent leurs bancs parce qu'ils ne pouvaient plus tenir en place. Le vicaire général, désespéré, donna l'ordre d'ouvrir tous les portails de la cathédrale pour le cas où une bousculade aurait lieu, mais personne ne voulait sortir de l'église avant d'avoir vu de ses propres yeux le magicien.

« Vive Alder ! Vive Alder ! » scandait à présent la foule, entièrement tournée vers la tribune de l'orgue.

Enfin, l'organiste se présenta au garde-corps, et la lumière qui éclairait d'en bas la balustrade fit paraître son visage encore plus spectral qu'il n'était. Des « Ah ! » et des « Oh ! » transpercèrent la clameur générale, et l'on entendit pleurer des femmes et des enfants.

Mais les acclamations ne tardèrent pas à reprendre, et les visages brillaient de l'éclat du majeur sur lequel Elias avait conclu. Lui-même se retenait à la rampe, et nul ne s'aperçut qu'il pleurait, de bonheur ou d'épuisement. À moins que ce ne fût à cause de la décision qu'il avait prise en jouant.

Il descendit vers la foule, qui lui fit une haie princière. Une dame de condition mit une poignée de fraises dans le col de la chemise de lin que portait Elias, et qui était trempée de sueur ; ses poches se remplirent de monnaie tintinabulante, on lui glissa des billets. Quand, à l'instar de ses prédécesseurs, il se fut humblement incliné devant l'aréopage des quatre professeurs livides, le tumulte cessa peu à peu. Le vicaire général s'apprêtait à mettre en place le recueil de chorals afin de préparer la cérémonie pour le dernier élève quand les auditeurs s'écrièrent d'une seule voix :

« C'est lui le vainqueur ! La lyre à Elias Alder ! »

Et ils scandèrent si longtemps le nom de notre musicien que le vicaire général, vaincu, finit par quitter le lutrin et se dirigea vers la sacristie avec Goller et les professeurs pour y délibérer. La délibération ne fut pas longue. Malgré les efforts de Goller pour convaincre ces messieurs qu'Alder avait improvisé bien trop longtemps, que ce qu'il avait joué n'était ni la variation d'un choral, ni un prélude, ni, surtout, par sainte Cécile, une fugue selon les anciennes règles, que l'organiste avait donné une symphonie monstrueuse sans claire distinction des genres... ; malgré la véhémence avec laquelle il insista sur la dégénérescence de cette musique — rien n'y fit : une admiration idolâtre brillait dans les yeux des quatre professeurs.

Ainsi la fête de l'Orgue de Feldberg prit-elle fin avant

son terme. Le vicaire général posa la lyre d'or sur les cheveux graisseux d'un Elias Alder totalement absent et fit l'éloge de ce respectable génie de la nature. Le public criait, ovationnait, le vicaire le pria de recouvrer ses esprits et, perdant patience, donna pour finir sa bénédiction en latin. Puis on se dispersa.

Goller partit en courant, si vite qu'il n'eut même pas le temps d'indiquer aux deux garçons d'Eschberg un gîte où passer la nuit sans trop de dépense. Goller espérait, en les abandonnant ainsi, qu'ils prendraient le soir même le chemin du retour. Et son vœu fut exaucé.

Le mirifique concert d'Elias fut l'objet, pendant des jours, de toutes les conversations de la ville. Dans les salles fraîches de l'Institut de musique, les esprits s'échauffaient, et il fut, pendant quelque temps, pratiquement impossible de faire cours. On en revenait sans cesse au petit paysan génial. Goller souffrit, à cette époque, de maux d'oreille très douloureux qui l'empêchèrent pendant une semaine d'assurer ses leçons d'improvisation. À Werdenberg, un petit village du Liechtenstein, trois jeunes exaltés firent savoir qu'ils fondaient une Association Elias-Alder qui se donnait pour tâche l'érection d'une statue de bronze en l'honneur du musicien.

Mais l'homme est inconstant, et il oublie le lendemain ce qu'il a solennellement juré la veille. Le temps fit son œuvre. L'écho chatoyant et lointain de ce concert céleste ne tarda pas à s'éteindre tout à fait, et l'érection de la statue de bronze n'eut jamais lieu.

Il convient d'ajouter que le poste de deuxième organiste revint finalement à Peter Paul Battlog. Goller travailla les professeurs et leur représenta qu'un organiste incapable de lire les notes ne pourrait jamais jouer l'habituelle musique d'église. Du reste, son traitement ne coûterait pas peu à la trésorerie de la cathédrale. Il faudrait lui donner un gîte correspondant à son état, et, fiers comme l'étaient les paysans, il réclamerait sans doute le double ou le triple des appointements usuels.

Un homme, un seul, ne laissa pas passer cela sans réagir. Il s'agissait de l'un des quatre professeurs livides, celui-là même qui s'était écrié au début de la fugue : « C'est impossible ! Ce n'est pas possible ! » Quinze jours environ après la disparition d'Elias, la Seff reçut une lettre, accompagnée d'un gros billet de banque, qui invitait monsieur le musicien Elias Alder à se présenter sans délai au vicariat général de Feldberg : un citoyen estimé de la ville avait mis à sa disposition une somme non négligeable qui devait lui permettre de s'engager sans souci dans l'étude des arts libéraux...

Le citoyen estimé était évidemment l'auteur de la lettre lui-même. Mais elle arrivait trop tard. Elias était déjà mort. Même la Seff l'ignorait, car elle le croyait toujours à Feldberg. Personne ne le savait, sinon Peter.

Au moment où les deux amis prirent le chemin du retour, Peter était méconnaissable. Il ne cessait de prendre dans ses bras un Elias apathique qui avançait machinalement ; il lançait des cris de joie, prenait de l'avance en dansant, lui barrait le chemin, bras ouverts, l'enlaçait, lui baisait le front et n'en finissait pas de parler et de faire du bruit. Les gens de la ville n'avaient jamais vu ça, disait-il d'une voix qui détonait. Il était, lui, Johannes Elias Alder, le roi de cette nuit, ajouta-t-il, ému, et il fit une révérence. Et quel avenir glorieux s'ouvrait à lui, déversa-t-il. L'orgue lui permettrait de faire une fortune, et il tirait des poches d'Elias le papier sombre et les pièces de monnaie qu'il faisait tinter dans ses mains. Lui-même vendrait la ferme et irait s'installer à Feldberg avec lui. De Feldberg, ils entreprendraient ensuite de grands voyages, dans des équipages élégants, tapissés de damas. Ils parcourraient le pays, peut-être, qui sait, jusqu'à Innsbruck ! Et au fil du temps, l'orgue rendrait Elias immensément riche...

Peter ne voulait pas se calmer, et il ne s'aperçut pas une seconde que son ami avait l'esprit occupé de choses bien différentes. Même la fraîcheur lénifiante de la nuit était incapable d'apaiser le cœur de l'exalté. Comme, cependant, Elias ne répondait à aucune question, Peter finit par se taire lui aussi. Et ils marchèrent pendant trois heures sans échanger un seul mot.

Ils atteignirent Goetzberg à l'aube, et c'est au moment où Peter s'engageait dans l'embranchement d'Eschberg qu'Elias ouvrit enfin la bouche. Pour rejoindre Eschberg, il voulait prendre par le lit de l'Emmer, dit-il d'une voix faible. C'était un vieux chemin qui avait vu bien des souffrances. Beaucoup de gens d'Eschberg l'avaient suivi quand leur existence avait été anéantie par le feu. Peter ne comprenait pas cet étrange désir et objecta les fatigues du jour et de la nuit. Mais Elias n'en démordit pas et dit sur un ton mystérieux que de tout autres fatigues les attendaient encore. C'est ainsi qu'ils montèrent lentement et péniblement vers Eschberg, faisant de grands détours pour éviter les cascades, et qu'ils arrivèrent enfin à bon port — c'est-à-dire à la roche polie.

Là, Elias se laissa tomber sans un mot, croisa les bras et dit d'une voix calme : « Mon ami... Quand tu as mis le feu au village, je ne t'ai pas trahi. Jure-moi maintenant que tu ne me trahiras pas non plus. Jure que tout ce qui va advenir, à présent et par la suite, restera enseveli au fond de ton cœur jusqu'au Jugement dernier ! »

Peter regarda son compagnon d'un œil las, mais désemparé. Il leva cependant la main et promit un silence éternel. Elias lui commanda de rentrer à la ferme, dc s'y reposer et d'y dormir très consciencieusement. Après quoi il devait répandre dans le village qu'on l'avait, lui, retenu à Feldberg, et qu'il ne pourrait pas rentrer de sitôt. Peter reviendrait ici vers le soir, muni de cordes de chanvre et de provisions de bouche pour la durée d'une semaine. Personne, dit Elias, presque menaçant, personne ne devait savoir qu'il était là.

« Et si Elsbeth demande de tes nouvelles ? » dit Peter chaleureusement. Elias garda le silence et le regarda avec des yeux si vides que la chair de poule envahit les bras de Peter.

Peter se mit en route et fit ce qu'Elias lui demandait.

Viens, ô Mort, sœur du Sommeil

Il venait à peine de se mettre au lit quand il entendit les sabots de Lukas Alder monter lourdement l'escalier. Pendant son absence, en effet, c'était Lukas qui s'était occupé des bêtes, avait assuré la traite et les avait menées à la pâture. Peter se leva de sa paillasse, alla à la rencontre de Lukas et lui raconta ce qui s'était passé à Feldberg. Et il ne cessait de répéter que ces messieurs les professeurs voulaient garder Elias pendant quelque temps pour étudier son curieux génie naturel. Au récit de Peter, Lukas se taisait sans comprendre, et il se contenta de demander s'il fallait qu'il aille traire les vaches, car il avait l'impression que Peter manquait beaucoup de sommeil. Mais Peter tira cinq liards de sa poche, lui tendit son bras estropié et lui dit de rentrer chez lui. Dans la matinée, il alla voir la Seff et dévida la même histoire. Par hasard, il croisa le chemin de la mauvaise langue Lamparter, de sorte qu'il pouvait être sûr que tout le village ne tarderait pas à connaître la raison de l'absence d'Elias. De fait, la mauvaise langue fit demi-tour, fonça tout droit sur l'école et donna congé aux enfants qui attendaient.

Peter ne parvenait pas à dormir, bien que, vers midi, il fût retourné s'étendre. La canicule n'arrangeait rien, et il décida de rassembler les cordes et les provisions de bouche. L'après-midi, il s'allongea à nouveau, cette fois entre les murs frais de sa cave. Il y dormit d'un sommeil agité, se tournant et se retournant. Il faisait des cauchemars.

Quand le soleil eut disparu derrière les montagnes, du côté de la vallée du Rhin, il mit sac au dos et descendit jusqu'au lit de l'Emmer par un chemin détourné, ne se doutant pas qu'il allait être le témoin d'un suicide incroyablement long et atroce.

Elias était assis à l'endroit où tout avait commencé et où tout devait maintenant finir. Il avait coupé ses cheveux, qui lui arrivaient jusqu'à l'épaule, avec une ardoise, mince comme une feuille d'arbre, qui gisait encore à côté de lui. Il s'était fourré ces cheveux dans la bouche, et Peter ne comprenait pas ce qu'il avait voulu dire par là. Les yeux d'Elias regardaient fixement l'eau vive de l'Emmer. Il n'avait pas dormi un seul instant. Peter s'avança vers lui, lui baisa le front, et prit entre ses mains cette tête brûlante. Il vit qu'Elias était devenu fou.

« Elias, chuchota-t-il, pourquoi te fais-tu mal ainsi ? Tu es devenu quelqu'un de célèbre. » Et il ajouta avec quelque malice qu'il avait vu dans la cathédrale d'Eschberg une poignée de jeunes femmes qui contemplaient l'organiste avec des yeux énamourés. Il voulait ainsi lui insuffler l'espoir. Mais l'idée qu'Elias pût prendre femme, l'abandonner, lui, était trop douloureuse, et il se hâta de n'y plus penser.

Elias enleva de sa bouche la touffe de cheveux. « Tu as dormi consciencieusement ? demanda-t-il, les yeux au fond de leurs orbites.

— Je n'ai pas pu dormir, dit Peter, j'ai eu un cauchemar affreux », et ses mains lâchèrent la tête de l'ami.

« Avant qu'il fasse nuit, allons cueillir des pommes épineuses, des amanites panthères et de la belle dame ! dit Elias. J'en aurai besoin quand la fatigue viendra. »

Peter connaissait l'effet enivrant de ces substances, mais il ne comprenait toujours pas ce qu'Elias avait vraiment en tête. « Tu vas attendre ici jusqu'au Jugement dernier ? » demanda-t-il dans un sourire affecté, et Elias répondit oui avec le plus grand sérieux. « Tu as besoin de sommeil, reprit Peter, irrité, ta tête est brûlante de fièvre. Sois raisonnable, rentrons enfin ! »

À ces mots, Elias se mit debout sur le rocher, étira ses membres et sauta brusquement dans l'eau glacée du torrent montagnard. Il disparut, puis il refit surface, se secoua et décrivit des cercles effrénés avec sa tête et ses bras. « Comme ça fait du bien, de l'eau froide ! cria-t-il en direction de Peter, resté sur le rocher. On y plonge épuisé, et le sommeil s'en va comme par enchantement ! »

Quand il fut péniblement remonté de la vasque, Peter nota qu'il avait un mal considérable à coordonner ses mouvements. Il n'en fut pas étonné. Cela faisait une nuit, un jour et une nuit encore que son compagnon n'avait pas dormi. Mais tout allait devenir bien plus terrifiant encore.

Après qu'Elias eut pris des forces en mangeant du pain, de la bouillie de semoule séchée et des œufs crus, ils se mirent en quête de feuilles de pomme épineuse, de baies de belladone et d'amanites panthères. Il s'en fallut de très peu qu'on ne les découvrît, car un Lamparter forniquait avec sa sœur dans la forêt. Mais les appels au secours lancés par la femme les avertirent à temps. À la tombée de la nuit, ils revinrent au rocher poli par l'eau. Ils avaient trouvé ce que cherchait Elias. Au cours de cette randonnée, Elias avait dévoilé à Peter son actuelle façon de penser, qui reflétait de manière grotesque l'aliénation de son esprit.

Se souvenait-il du rouquin, du prédicant de foire ? demanda Elias. Assurément, répondit Peter. Et avait-il encore en mémoire les mots qu'il avait criés en tombant en syncope ? Peter gardait le silence. Elias se fit alors plus vif et ses mouvements s'emplirent de nervosité. Pendant qu'il jouait à Feldberg, ajouta-t-il, il lui était apparu qu'il n'avait aimé Elsbeth qu'à moitié. C'est pourquoi Dieu la lui avait refusée, car cet amour était trop tiède. Ce qu'il avait appelé amour n'était qu'une suite de mensonges et de cotes mal taillées.

Comment un homme au cœur pur, disaient ses lèvres tremblantes, pouvait-il prétendre qu'il avait aimé sa femme toute sa vie alors qu'il ne le faisait que le jour, et peut-être seulement le temps d'une pensée ? Cela ne pouvait pas être véridique. Car en dormant — Peter en conviendrait —, on n'aime pas. On est dans un état semblable à la mort, et ce n'était pas par hasard que l'on appelait frère et sœur le sommeil et la mort. Le temps consacré au sommeil était du gaspillage, et par là un péché. Le temps qu'un être perd à dormir serait rajouté, après sa mort, à son temps de purgatoire. Aussi avait-il résolu de vivre désormais une vie nouvelle, sans sommeil. Et cette vie nouvelle sans sommeil lui permettrait de conquérir Elsbeth ainsi que la certitude de la félicité éternelle.

Peter sentit qu'il n'y avait plus rien à dire. Elias étendit sa redingote au bord du rocher et s'y installa. Puis il humecta de salive une feuille de pomme épineuse et en fit un minuscule rouleau. Il riait, disant que la vieille haridelle de son père ne se réveillait que quand on lui fourrait ces feuilles-là dans le cul. Peter tenta une nouvelle fois, en vain, de le faire renoncer à ce plan démentiel, mais Elias se contenta de rire avec indifférence. Qu'il s'en aille maintenant, exigea Elias avec humeur, qu'il dorme consciencieusement tout son saoul, car dans deux ou trois nuits, il faudrait qu'il ait assez de vigueur pour le veiller. Puis il arracha à sa branche une baie de belladone, y mordit et en mangea la moitié.

Les symptômes ne tardèrent pas à apparaître. Une demi-heure environ après le départ de Peter, Elias fut plongé dans une grande euphorie. Il se mit à chanter, se leva, dansa au rythme de ses propres mélodies. Puis il eut soudain des convulsions et finit par éclater en de longs sanglots. Quand, à minuit passé, il s'apaisa, il sentit une fatigue mortelle. Sa tête retombait lourdement sur sa poitrine, et lorsqu'il s'aperçut qu'il avait eu quelques instants de somnolence, il se morigéna dans les termes les plus violents, sauta dans la rivière et s'y vautra comme un cerf de cent kilos. C'était d'ailleurs l'impression qu'il se faisait, car il croyait avoir pris du poids.

Quand vint le matin, que les premiers et vifs rayons du soleil se mirent à jouer dans le feuillage, le cerveau d'Elias souffrait déjà d'un délire de la persécution. Il croyait apercevoir à travers le mouvement des rameaux des êtres vivants couverts de fourrure, mais aux dents pointues. Le ciel entier se remplit de ces créatures menaçantes qui bondissaient dans tous les sens, s'élançaient dangereusement vers sa tête, mais en fait ne l'attaquaient pas. Au matin de sa deuxième nuit sans sommeil, son ouïe semblait avoir gagné en sensibilité, au moment même où son œil faiblissait.

Dans la matinée, Peter redescendit à la roche polie, mais Elias n'y était plus. Seules étaient restées sur la pierre les cordes de chanvre et la redingote noire. Peter l'appela, attendit plus d'une heure, mais en vain. Il remonta, pensant qu'Elias avait finalement renoncé à son projet. Quand, vers le soir, se glissant jusqu'à la ferme Alder, il jeta un caillou contre la vitre de la chambre et que rien ne bougea derrière la fenêtre, il fut pris de tristesse. Il redescendit aussitôt à l'Emmer, seul. Elias était introuvable.

De trois jours et trois nuits, il ne reparut pas. Au matin du quatrième jour, Peter envisagea de rompre son serment et de rassembler une poignée d'hommes afin de partir avec eux, vers midi, à la recherche du disparu. Mais il n'en eut pas le temps : alors qu'il était revenu, par acquit de conscience, à la roche polie, Elias y était. Peter l'observa à bonne distance et vit qu'il ne pouvait plus tenir assis. Il était manifeste qu'il n'avait toujours pas fermé l'œil.

« Où étais-tu ? » demanda Peter à haute voix. Elias semblait ne pas entendre. Peter répéta sa question d'une voix plus forte : le visage d'Elias fit une grimace douloureuse. Après de longues et pénibles interrogations, il finit par comprendre que son ami avait entrepris une randonnée jusqu'au sommet le plus haut, le Kugelberg, qu'il s'était perdu et venait à peine de retrouver son chemin.

À ce stade, Elias aurait encore pu parler distinctement, mais, en raison de l'effet étourdissant des amanites, joint à la stimulation des feuilles de pomme épineuse, parler était pour lui une torture. Ses lèvres étaient gonflées et presque rigides. Pour exprimer quelque chose, il devait s'y reprendre à plusieurs fois. Il ne pouvait plus, parvint-il à dire à force d'obstination. Il fallait que Peter le mît debout, demanda-t-il, et l'attachât au tronc de ce jeune frêne, là-bas. Comment aurait-il le droit de paraître jamais aux yeux d'Elsbeth et de lui dire qu'il l'aimait pour la vie s'il ne restait pas éveillé ? Peter saisit ce corps décharné et l'attacha d'un bras vigoureux au tronc de l'arbre. Elias avait soif ; il était d'ailleurs accoutumé à boire beaucoup d'eau. Peter lui en donna quelques gorgées avec de tendres précautions, mais il suffit de quelques minutes pour qu'Elias vomît tout ce qu'il avait ingéré.

L'après-midi, alors que la chaleur lourde avait gagné jusqu'au sous-bois, les effets des plantes narcotiques commencèrent à décroître, et l'on put croire qu'Elias allait recouvrer ses forces. Tout au moins pouvait-il parler plus distinctement. Il lui arriva même de rire, et de dire que le sommeil volait à l'homme le plus beau temps de sa vie. Qu'il avait le sentiment que le temps était beaucoup plus long qu'on ne le croyait. Ce qui lui avait paru, autrefois, n'être qu'un instant, avait maintenant la durée de toute une matinée. Et il demanda à Peter, avec le plus grand sérieux, à combien de temps il estimait un instant d'éternité. Peter ne répondit pas, mais lui mit, pour le rafraîchir, sa redingote sur la tête et le torse. À son avis, dit Elias à travers la redingote, un instant d'éternité durait sept à neuf matinées de notre temps terrestre. Peut-être plus. Peut-être moins. Mais, à coup sûr, c'était au moins trois. De ce moment, Peter ne quitta plus l'ami enserré dans ses liens. Il alla, certes, le soir, traire les vaches à la ferme, mais il redescendit aussitôt à la course jusqu'au rocher poli.

Il fallait le pincer, balbutia Elias, aux joues, aux jambes, le gifler si nécessaire. Il fallait lui donner de la belladone, de l'eau, lui mettre des feuilles dans le derrière. Il devait le détacher, il ne tenait plus debout. Peter, patient, accéda à tous ses désirs, fit quelques pas avec lui, lui glissa une demi-baie de belladone entre les dents et remit le corps inerte dans ses liens. Elias le chargea de lui passer une corde autour du front, d'en lancer le bout par-dessus une branche, de la tendre et de l'attacher à son propre pouce. Ainsi, ils seraient parés pour la nuit : si sa tête tombait, Peter en serait averti aussitôt, le réveillerait et le forcerait à la veille, le frapperait pour qu'il veillât, car en dormant on n'aimait pas.

La sixième nuit envahit la forêt : Elias veillait et ne dormait pas. Mais c'était au prix d'efforts indicibles, car Peter devait constamment le détacher de l'arbre, faire quelques pas avec lui et le plonger dans l'eau froide. À peine Peter s'endormait-il, le dément criait qu'il ne tenait plus debout, qu'il avait peur de s'endormir lui-même.

Au matin du septième jour de veille, Peter le quitta un quart d'heure pour faire le nécessaire à la ferme. Quand il revint, il vit qu'Elias s'était endormi. Il vit aussi qu'il n'était plus en mesure de retenir ses excréments. De sa jambe coulait de l'urine, et il découvrit sur la peau du martyr des taches jaunes grosses comme des noix. Peter eut alors le cœur si serré qu'il réveilla le dormeur en le giflant et lui cria à la figure qu'il ne supportait plus de voir cela. Si Elias ne mettait pas immédiatement fin à cette torture, il irait chercher sa sœur, l'amènerait ici et la soumettrait à ce spectacle horrible. Il lui révélerait pourquoi Elias s'infligeait de pareilles souffrances. Dans la pénombre de son esprit, Elias grogna et bégaya en des mots à peine compréhensibles que Peter avait un serment à tenir. Lui-même avait autrefois tenu le sien.

Ce furent là ses dernières tentatives pour parler, car il ne fut désormais plus capable de bouger aucun membre, encore moins les mâchoires ni la langue. Peter, avec la colère de l'impuissance, ne cessait de le fouetter pour le réveiller, de soutenir ce corps moribond, de le plonger dans l'eau et de lui mettre dans la bouche de petits morceaux de belladone. Comme il ne pouvait plus garder les paupières ouvertes, que ses yeux étaient déjà enflammés, infectés, Peter prit de la cire de pollen, la modela et lui en mit entre les cils, de sorte que les paupières ne pussent plus tomber.

Vers la cinquième heure de l'après-midi, il se passa quelque chose que Peter ne put s'expliquer. Une certaine agitation gagna soudain les alentours. De tous côtés, le sous-bois se remplissait de craquements, de frôlements. Jamais Peter n'avait vu du gibier approcher l'homme de si près, au point qu'on eût pu le toucher. Le jeune chamois, le plus farouche de tous les animaux des montagnes, buvait sans crainte aucune dans l'Emmer. Il ne fit même pas mine de s'enfuir lorsque Peter se leva sur le rocher. Plus bas, au bord de la grotte, trois chevreuils paissaient. Une chauve-souris sortit en dansant de l'obscurité de la grotte, et il ne se passa guère de temps avant que des salamandres ne vinssent ramper sur le rocher poli par les eaux. Au même moment, Peter ne s'en était pas aperçu jusque-là, les chiens d'Eschberg aboyaient. Il ne pouvait pas deviner, et encore moins entendre, que le mourant, en fait, parlait encore. Mais la fréquence de sa voix était celle de l'ouïe animale. Il chantait dans les ultrasons des chauves-souris, sifflait avec les vibrations inaudibles par l'homme, des renards et des chiens. Le dernier message de sa vie pitoyable, c'étaient les animaux de la forêt qui devaient l'entendre.

Au cours de la septième nuit, il advint que son ouïe, quelques instants, se démultiplia. Elias ne percevait pas seulement les bruits de son propre corps, son oreille ou son regard pénétraient à l'intérieur. Il voyait les bruits au-dessus et au-dessous des bruits, les sons au-dessus et au-dessous des sons, il entendait jusqu'aux vibrations les plus insignifiantes des battements irréguliers de son cœur. Il ne lui fut pas donné d'en entendre davantage, car Dieu en avait fini avec lui.

Le lendemain matin, son pouls battait si vite que s'il avait voulu dormir, cela ne lui aurait plus été possible. Peter, épuisé par plusieurs nuits sans sommeil, en entendait nettement, l'oreille collée à la poitrine d'Elias, les accélérations et les ralentissements. Quand il revint de la traite du matin, le corps d'Elias, sans vie, n'était retenu que par les cordes. Il le détacha, le corps s'effondra. Peter écouta les battements du cœur. Ils existaient, mais ils étaient d'une faiblesse qui les rendait à peine perceptibles.

Aux environs de l'angélus de midi, le 9 septembre de l'an 1825, s'éteignit Johannes Elias Alder, fils naturel du curé Elias Benzer et d'Agathe Alder, dite la Seff. Il mourut d'un arrêt respiratoire entraîné par l'absorption excessive de belladone.

Levons les yeux de nos papiers et, de la retraite basse où nous écrivons — petite comme une maison de poupée —, laissons descendre notre regard sur les pentes en ce moment couvertes d'une neige grisâtre. Nous entendons de joyeux cris d'enfants et le rire clair d'une mère, et nous voyons ces petites boules vivantes remonter avec leurs luges, nous ressentons la joie de ces enfants qui pataugent sans peine dans la neige fraîche. Puis nous revenons à notre table qui embaume encore la canicule de l'été.

Non, nous ne portons pas le deuil de cet homme. Nous portons le deuil de son génie et de son amour impossible. Quels êtres magnifiques — songeons-nous à nouveau — le monde n'a-t-il pas perdus pour la seule raison qu'il ne leur fut pas donné de vivre une vie d'équilibre entre le bonheur et le malheur !

Refermons notre petit livre sur Elias Alder. Ce qui suit n'a guère d'importance. Il ne s'agit que d'achever la chronique d'un monde désormais insignifiant.

L'extinction

Peter était assis près du cadavre et, de la main qui terminait son bras estropié, il ferma la bouche et les yeux d'Elias Alder. Au loin tintait la cloche de l'angélus, et lorsque l'écho s'en fut éteint, Peter, ne pouvant plus être maître de lui, éclata en de pitoyables sanglots. Puis il se mit à caresser le cadavre, comme il le faisait toujours dans ses rêves éveillés. Bientôt, le bleu de la mort couvrit les lèvres d'Elias, et sa poitrine se refroidit.

Alors, Peter se leva et décida d'enterrer le cadavre à proximité de l'Étang-aux-Cerfs. Car il se souvenait des paroles qu'Elias avait un jour adressées à Elsbeth : c'était là, selon lui, que descendaient tous les habitants d'Eschberg immédiatement après leur mort, car c'était là que se trouvait la porte de l'autre monde. Peter souleva donc le cadavre, le cacha soigneusement dans le sous-bois, se faufila jusqu'à la ferme et revint lors de la pause de midi avec une pioche et une pelle. Il eut le plus grand mal à chasser les renards et les martres qui avaient déjà flairé l'odeur du cadavre. Peter prit le mort sur ses épaules, gagna à grand-peine les environs de l'Étang-aux-Cerfs, coucha Elias sur la mousse de la clairière et commença à creuser. Il fit un trou de plus de huit aunes de profondeur pour éviter que les renards ne pussent gratter la terre jusqu'au cadavre.

Puis il fit quelque chose qu'il n'avait jamais fait de sa vie. Il alla cueillir des fleurs, dont la fin de l'été constellait les prairies. À son retour, il dut encore disperser les renards à coups de bâton. Puis il fit une couronne à la tête blanche privée de sa chevelure, murmura en pleurant une prière des morts, tira le cadavre de la mousse et le fit glisser dans le trou. Selon l'antique usage, il prit une poignée de terre et la jeta sur la tête du cadavre recroquevillé.

« Je suis sorti nu du ventre de ma mère, chuchota Peter, et je repartirai nu. Le Seigneur l'a donné, le Seigneur l'a repris. » Et aux mots « Loué soit le nom du Seigneur », il fondit à nouveau en larmes. Mais c'étaient des larmes de rage.

Il resta longtemps près de la tombe ouverte. Puis il boucha le trou, et il le fit si bien qu'il n'eût pas pu en retrouver lui-même l'emplacement exact. Mais il le pourrait, car à quatorze pas vers l'ouest se dressait un épicéa dans l'écorce duquel Peter grava un joli E. Jusqu'à la fin de ses jours, Peter vint recreuser cette initiale avec le plus grand soin.

Après avoir enseveli le seul ami qu'il eût, le seul être qu'il aimât en secret, il revint à la ferme et dormit une nuit et un jour sans se réveiller une seule fois. En rentrant ensuite les vaches pour la traite, il s'aperçut que leurs pis laissaient couler du lait, car ils étaient gonflés comme des baudruches. Il vit les yeux que la souffrance rendait fous et éprouva soudain de la pitié pour ces créatures sans défense. Peter n'était plus lui-même.

Aussi bien sa vie infiniment solitaire — n'avait-il pas chassé de la ferme ses propres parents ? — prit-elle un tour nouveau et inattendu. Il advint en effet que son caractère agité et sournois changea tant et si bien que non seulement les hommes, mais — et cela pèse plus lourd — même les créatures commencèrent à avoir confiance en lui. Comme s'il eût trouvé son chemin de Damas, Peter renonça aux tortures qu'il infligeait aux animaux, et la mauvaise langue Lamparter prétend avoir constaté que dans son étable, le bétail ne couchait plus dans sa propre bouse, mais sur une litière de paille fraîche. Au fil des ans, Peter gagna une grande considération dans le village : quelques mois avant le deuxième incendie, on le nomma même bourgmestre. Il n'y avait qu'une chose qu'on ne comprenait pas : pourquoi Peter ne voulait-il pas prendre femme ?

Il serait oiseux de s'interroger sur les raisons qui avaient si profondément changé son caractère. Il serait trop simple de penser qu'ayant vu les souffrances de son défunt ami, il avait tourné casaque et compris qu'infliger sciemment une douleur n'aide en rien à percer le mystère de cette incompréhensible vie terrestre. L'échec qu'avait été l'existence d'Elias Alder l'avait purifié, transfiguré. Nous le croyons avec une gravité d'enfant, car le Mal lutte contre le Bien jusqu'à ce que celui-ci l'engloutisse.

À trente-huit ans — seize ans après la mort d'Elias Alder — Peter mourut du feu Saint-Antoine, une maladie mystérieuse dont furent alors victimes plusieurs habitants d'Eschberg. Il avait été contaminé par du seigle que parasitait un champignon, ce qui se manifestait par un noircissement subit des membres, lesquels se gangrenaient et mouraient peu à peu.

Peter eut le temps de voir de ses propres yeux le deuxième incendie. Celui-ci éclata pour une raison inexpliquée un matin de mars où soufflait le fœhn. Il détruisit la presque totalité du village. Il ne resta de la petite église que les murs porteurs. On n'eut cependant à déplorer cette fois qu'un décès ; le bétail fut entièrement épargné parce qu'on l'avait emmené à temps à Goetzberg.

Et personne ne serait mort s'il n'y avait eu cet affreux malentendu : la Seff pensait qu'il avait déjà été tiré de la maison. En fait, Fritz avait mis en sécurité le mongolien, mais non son père. C'est ainsi que Seff brûla paralysé, et un Lamparter prétendit avoir entendu, alors qu'il passait en courant, un cri qui lui était apparu comme un rire effroyable. Il avait pensé, dit-il, que c'était celui d'un voisin désespéré qui voyait brûler sa ferme pour la deuxième fois. Lui-même aurait ri à force de pleurs.

Nous épargnons au lecteur, qui est devenu un excellent ami — sans quoi jamais il ne serait parvenu jusqu'à cette page de notre petit livre —, les détails de l'extinction du petit village d'Eschberg. Disons toutefois qu'au deuxième incendie, les hommes semblèrent comprendre que Dieu n'avait jamais souhaité leur présence en cet endroit. Ils quittèrent Eschberg. Ils ne partirent cependant pas tous. Deux familles Lamparter et une de la lignée des Alder, treize personnes en tout, refusèrent avec une incroyable obstination d'abandonner le village. Lorsque par la suite, le 5 septembre 1892, le troisième incendie fit rage, ce furent douze personnes qui brûlèrent dans leur lit, et dans les étables quarante-huit têtes de bétail. Un seul resta en vie. Il s'appelait Côme Alder. Côme était un homme de petite taille, un vieillard à présent, au gros nez de poivrot.

Mère, qu'est-ce que cela veut dire, amour ?

C'était quelque neuf ans après sa mort, par l'un de ces dimanches de mai brouillés de pluie où les enfants qui s'ennuient dans la salle deviennent insupportables. Aussi la Lukas décida-t-elle d'aller faire avec ses six enfants une promenade en bas, au bord du torrent. Elle voulait leur montrer le spectacle des flots tumultueux et bruns de l'Emmer, curieuse elle-même de savoir quel chemin la rivière aurait pris après ce violent orage.

Bien que ce fût une femme que l'on pouvait encore dire jeune, les naissances quasi annuelles avaient consumé sa beauté. Ses dents s'étaient gâtées, le travail à la ferme et aux prés avait rendu ses mains grossières et calleuses. Elle avait dû abandonner la broderie, mais cela lui était égal. Elle avait trouvé sa place.

De cette voix sombre qu'il avait tant aimée, elle enjoignit aux enfants de la suivre en file indienne, en se tenant par la main. C'est ainsi qu'ils marchèrent, montant et descendant, le long du sentier qui suivait la berge en faisant mille tours et détours. Côme, son premier-né, jouait les arrière-gardes et commandait fièrement - « Attention ! », « Halte ! » — à la troupe de ses petits soldats.

Quand la Lukas fut parvenue à l'endroit où, dans sa jeunesse, elle était si souvent restée assise auprès de lui, elle s'arrêta brusquement et s'exclama, stupéfaite : « La pierre n'est plus là ! »

La pierre ? demanda Anna, qui avait quatre ans, en faisant l'importante.

— Elle n'est plus là ! s'écria sa mère. L'orage l'a emportée ! » La pluie avait cessé, et les enfants rabattirent leurs capuchons. Alors la Lukas leur dit de se serrer autour d'elle, elle allait leur dire un conte. Les enfants obéirent avec joie et la curiosité se lisait sur leurs petits visages. « Là-bas, pendant bien des années, commença-t-elle, il y avait une grosse pierre. On aurait dit la plante du pied de notre Seigneur Dieu. »

Il y avait une fois à Eschberg, poursuivit-elle, un jeune homme qui avait eu pour destin de porter une lourde croix. Car, dès sa naissance, ses yeux lançaient une lueur jaune. Il avait épouvantablement souffert de cette marque. Elle-même l'avait bien connu, il lui avait d'ailleurs sauvé la vie quand le village avait brûlé. Cet homme était très taciturne. Personne n'avait jamais pu voir au fond de lui. Un beau dimanche, cet homme énigmatique était monté à l'orgue de la petite église et ce qu'il avait joué était si beau que, de joie, les gens avaient été obligés de tirer leurs mouchoirs de leurs poches. Elle non plus n'avait pu s'empêcher de renifler tant la musique était grandiose. Et pourtant, cet homme-là n'avait jamais étudié l'orgue. Quelques années plus tard, il avait subitement disparu. Il n'était pas revenu, malgré les recherches que l'on avait effectuées partout. Mais elle croyait, dit-elle, qu'il était encore en vie. Peut-être n'était-il parti d'Eschberg que parce qu'il n'y avait pas trouvé l'amour.

« Et c'est là-bas, dit la Lukas pour achever le conte, là où il y avait cette grande pierre polie par les eaux, que se trouvait son endroit favori. »

Les enfants la regardaient avec de grands yeux bruns. Alors Côme, l'aîné, s'avança vers sa mère et demanda en affectant une voix d'adulte : « Mère, qu'est-ce que cela veut dire, amour ?

— Ce que veut dire amour ? » dit la Lukas dans un rire, et, en posant un baiser sur le petit nez épaté et brillant, elle rabattit le capuchon sur la tête de son fils. Car la pluie s'était remise à tomber.

Cet ouvrage a été réalisé par la
SOCIÉTÉ NOUVELLE FIRMIN-DIDOT
Mesnil-sur-l'Estrée
pour le compte des Éditions Calmann-Lévy
en avril 1994

Imprimé en France
Dépôt légal : avril 1994
N° d'édition : 12011/02 - N° d'impression : 27015